आदमखोर
REVENGE OF SHERKHAN

अनुज सभरवाल

Copyright © Anuj Sabharwal
All Rights Reserved.

ISBN 978-1-63957-810-8

This book has been published with all efforts taken to make the material error-free after the consent of the author. However, the author and the publisher do not assume and hereby disclaim any liability to any party for any loss, damage, or disruption caused by errors or omissions, whether such errors or omissions result from negligence, accident, or any other cause.

While every effort has been made to avoid any mistake or omission, this publication is being sold on the condition and understanding that neither the author nor the publishers or printers would be liable in any manner to any person by reason of any mistake or omission in this publication or for any action taken or omitted to be taken or advice rendered or accepted on the basis of this work. For any defect in printing or binding the publishers will be liable only to replace the defective copy by another copy of this work then available.

ज्योति और शान के लिए

क्रम-सूची

प्रस्तावना	vii
भूमिका	ix
पावती (स्वीकृति)	xi
आमुख	xiii
1. खेत की आदमखोर बाघिन	1
2. आदमखोर की सत्ता	13
3. कटियाना	25
4. बेगम	29
5. कॉर्बेट डायरीज़	34
6. केयरटेकर	47
7. आदमखोर	54

• v •

प्रस्तावना

विश्व भर के जंगलों में बाघ की संख्या में निरंतर गिरावट से वन विभाग और प्रकृति प्रेमी अच्छी तरह से परिचित हैं। मौजूदा समय में विश्व के जंगलों में केवल चार हजार बाघ हैं और उनमें से अधिकांश भारतीय उपमहाद्वीप में पाए जाते हैं। बाली, जावा और कैस्पियन उप-प्रजाति के बाघ 1930 और 1970 के दशक में विलुप्त हो गए। उन्नीसवीं शताब्दी के प्रारम्भ में, मध्य प्रांत और हाइलैंड्स के जंगलों में बाघ स्वतंत्र रूप से घूमते थे। इतिहासकार बताते हैं कि ईस्ट इंडिया कंपनी के एक अंग्रेज अधिकारी ने सर्द ऋतु के अवकाश के उपरांत एक ही दिन में सत्तर बाघों का शिकार देहली में कर डाला। बाघों का शिकार मनोरंजन के लिए किया गया था।अक्सर अनाड़ी शिकारियों द्वारा चलाये गए एयर गन शॉट्स बाघों को घायल कर देते हैं और वो अपना सामान्य शिकार नहीं कर पाते। ऐसे ही घायल बाघ बाद में खूंखार आदमखोर बन जाते हैं | घायल बाघ जंगल में शिकार करने में असमर्थ हो जाते हैं। फलस्वरूप बाघ मनुष्यों व पालतू जानवरों पर हमला कर उन्हें अपना शिकार बनाने लगते हैं। यहाँ से शुरू होती है आदमखोर बाघों और मनुष्यों के बीच के संघर्ष की कहानियां। ये शातिर आदमखोर बाघ, जंगल की ओर से गाँवों को जाने वाली सुनसान सड़कों पर अकेले यात्रिओं को शिकार बनाते हैं। मध्य प्रदेश के कई गाँव इन आदमखोर बाघों की वजह से उजड़ गए। बहुत से ग्रामीण अपनी झोपड़ियों में ही कैद हो कर रह जाते और वह तब तक उनमें कैद रहते, जब तक की कोई उदारवादी शिकारी इन बाघों का शिकार नहीं कर लेता। इस किताब की रोचक कहानियाँ कुछ ऐसे ही आदमखोर बाघों के बारे में हैं।

भूमिका

भारतीय उपमहाद्वीप में रहने वाले और मुख्य रूप से जंगलों के निकट रहने वाली विभिन्न जन जातियों के लोगों का मानना है कि बाघ के पास अलौकिक शक्तियां होती हैं। बहुत से लोकगीत आदमखोर बाघ पर गढ़े गए हैं। एक अजीब-सी आभा आदमखोर बाघों के किस्सों को घेर लेती है। एक सामान्य बाघ जो जंगल में जन्म लेता है और जंगल में ही बड़ा होता है, वह कभी भी मानवों को अपना वैध शिकार नहीं मानता है। वह मानव मांस के आहार के लिए लिए तभी मजबूर होता है जब उसे मानवों द्वारा घायल किया गया हो या उकसाया गया हो। कभी कभी कईं बाघ उम्र बढ़ने के साथ सामान्य शिकार नहीं कर पाते और गाँव के निकट पहुँच कर पालतू पशु का शिकार करते हैं। पर उन्हें भी मानवों पर हमला करते नहीं देखा गया है। प्राचीन समय में आदमखोर बाघ को क्रुद्ध या पुरुषवादी देवता की आत्मा माना जाता था। यह भी कहा जाता था की उनके शिकार किये गए लोग, भूत बन कर उन्हें अगले शिकार की और ले जाते थे। अंग्रेज़ों ने बाघों को 'ब्रूट्स' कह कर शैतानी करार कर दिया और ग्रामीण तो बाघों के डर से 'बाघ' शब्द तक ना बोलते थे। आदमखोरों का ऐसा डर ब्रिटिश भारत में ही अद्वितीय नहीं था, अपितु यह अफ्रीका में भी मौजूद था। सावो के क्रूर आदमखोर शेरों को रेल ट्रैक पर काम करने वाले मजदूरों द्वारा डेविल्स माना जाता था। तब सावो रहने के लिए एक खतरनाक जगह बन गई। उन आदमखोर शेरों को 'द घोस्ट एंड द डार्कनेस' कहा जाता था और सौ साल से उनको इसी नाम से बुलाया जाता है। उनको अमरीका के म्यूजियम में भी जगह दी गयी है। ये आदमखोर भाई दिन के अलावा रात में भी शिकार करते थे। वे शेर प्रजाति के लिए अज्ञात रूप से अत्यधिक विकसित शिकार करने की तकनीक के अधिकारी थे। ये आदमखोर शेर बिना किसी भय और वजह के शिकार करते थे। मानो शिकार करना उनका जनून बन गया था। शेर प्रजाति के शिकार करने की तकनीक के विषय में बात करें तो निःसंदेह वे अत्यधिक क्रूर एवम कराल प्रवृति के मालिक थे। कुछ लोगों ने उन्हें गांव

भूमिका

के बुजुर्गों की आत्मा कहा जो दुनिया में गोरे लोगों के शासन को समाप्त करना चाहते थे। कर्नल जॉन पैटरसन ने उनके आतंक के शासन को समाप्त करने से पहले सौ से अधिक पीड़ितों के लिए समझौता किया।

पावती (स्वीकृति)

Copyright @ 2021 by Anuj Sabharwal

All rights reserved. No part of this publication may be reproduced, distributed or transmitted in any form or by any means, including photocopying, recording, or other electronic or mechanical methods, without the prior written permission of the author. For permissions, write to author at anujsabharwal3@gmail.com

Author's Note: This is a work of fiction. Names, characters, places, and incidents are a product of the author's imagination. Locales and public names are sometimes used for atmospheric purposes. Any resemblance to actual people is completely coincidental.

आमुख

ये किताब आदमखोर बाघों के रोचक किस्सों से भरी हुई है। ये बात तो तय है की बाघ इंसानों के दुश्मन नहीं हैं। सालों तक बाघ गाँव के नजदीक जंगलों में शिकार करते रहे पर उन्होंने कभी इंसानों पर हमला नहीं किया। इंसान ही बाघों को उकसाते रहे हैं। अब भी बाघों को फेंसिंग और जहर दे कर मारा जाता है। इस किताब की रोचक कहानी शेरखान को ही ले लीजिये। वो तो अपनी गर्लफ्रेंड के साथ मस्त था परन्तु खान ने ही उन पर गोली चलाई। इस वजह से शेरखान ने खान और नवाब का पीछा किया। उनका क्या हुआ? ये तो किताब पढ़ने पर ही मालूम पड़ेगा। पर यह तो तय है की बाघ की गर्लफ्रेंड को मारने वाले को बाघ बख्शता नहीं है।

1

खेत की आदमखोर बाघिन

‘आपको तेज आवाज में चिल्लाना चाहिए था या कम से कम हॉर्न को दबाना चाहिए था।’ झल्लाते हुए मैंने ड्राइवर को कहा। शाम की हवा नम और सर्द तो थी। लेकिन इसमें कॉर्बेट पार्क की खुशबू का सुखद अहसास भी था।

‘मैं ऐसा बिलकुल नहीं कर सकता था, सर? हमें जंगल में हॉर्न की अनुमति नहीं है। सामने वाली जीप मोड़ पार कर चुकी थी। वैसे भी वो यहाँ से लगभग एक मील दूर निकल चुके थे। उन लोगों तक हार्न की आवाज पहुँचती ही नहीं।’ ड्राइवर ने जवाब दिया। उसने इंजन को शुरू करने के लिए चाबी को फिर से घुमाया। पर इंजन चालू नहीं हुआ।

शाम की सफारी बिजरानी गेट से एक घंटे पहले शुरू हुई थी। काफिले में हमारी जीप आखिरी थी और बाकियों से हमारा संपर्क टूट चूका था। नवंबर शुरू होते ही सूरज जल्दी डूब जाता है और शाम ढलने को थी। अब हम बाघों और हाथियों के बीच जंगल में फंसे हुए थे। अब तक, पिछली सीट पर बैठे नवविवाहित जोड़े ने वन्यजीवों में रुचि का कोई संकेत नहीं दिया था। एक दूसरे के हाथों में हाथ डाले हुए वो अपनी ही दुनिया में मस्त थे। परन्तु जब मैं ड्राइवर पर चिल्लाया तो लड़के ने उस्तुकतावंश हमारी तरफ देखना शुरू कर दिया।

'कुछ हुआ है क्या? क्या जीप स्टार्ट नहीं हो रही?' युवक ने हैरानी से पूछा।

'हाँ, एक समस्या है! लगता है जीप खराब हो गई है!' मैंने उत्तर दिया।

'ओह! मुझे लगा कि आपने जंगल की कुछ तस्वीरें लेने के लिए जीप रुकवाई है!'

'हम्म! तो अब क्या होगा? मदद कब पहुंचेगी?' लड़की ने ड्राइवर से प्रश्न किया। वह चिंतित दिख रही थी।

'मैं नहीं जानता, मैडम। शाम के लिए यह आखिरी सफारी थी। यह सप्ताह के बीच का दिन है और सप्ताह के बीच में ज्यादा लोग कॉर्बेट घूमने नहीं आते। हमने सफारी दोपहर के तीन बजे शुरू की है और अब शाम के पांच बज रहे हैं।' ड्राइवर ने उत्तर दिया।

'पार्क बंद होने का समय क्या है?' युवक ने प्रश्न किया।

'सर्दियां में सात बजे पार्क बंद हो जाता है। वे रात आठ बजे तक हमारे लौटने का इंतजार करेंगे। अगर हम आठ तक नहीं पहुंचते हैं, तो वे हमें खोजना शुरू कर देंगे।' ड्राइवर ने जवाब दिया।

'क्या आपके पास रेडियो नहीं है?' मैंने ड्राइवर से प्रश्न किया।

'नहीं, जीप में रेडियो नहीं है।' ड्राइवर ने जवाब दिया।

'क्यों?'

'मुझे इसकी कोई जानकारी नहीं है, सर? हमने कई बार पार्क के अधिकारियों को याद दिलाया है। लेकिन, वे कहते हैं कि उनके पास इसके लिए धन नहीं है।'

'यह हास्यास्पद है, है ना?'

'जब हम पर्यटकों को ढिकाला या कांडा में एक या दो रात ठहरने के लिए छोड़ते थे, तो हमें अकेले ही जंगल से होकर लौटना पड़ता था। जंगली जानवरों से मुलाकात का डर बना रहता था।' ड्राइवर ने बोलना जारी रखा, 'अब, ड्राइवर भी रात को वन विश्राम गृह में रहते हैं।'

'हम्म ... फोन कर के उन्हें बता सकते हैं!'

'हाँ! पर इसका कोई फायदा नहीं है। यह एक स्थानीय ब्रांड है! नेटवर्क शहर में काम नहीं करता है तो यह जंगल में कैसे काम करेगा?' ड्राइवर मुस्कुरा कर बोला।

'मेरा नोकिया भी कोई संकेत नहीं दिखाता है। बीस हजार की कीमत पर यह चमकदार धब्बा है।'

'मेरा...' ड्राइवर मुस्कुराया।

'अरे! क्या आपका मोबाइल कोई सिग्नल पकड़ता है?' मैंने युवक से पूछा।

'अरे नहीं! मेरा वाला भी कोई संकेत नहीं दिखा रहा। यह चालीस हजार पर धब्बा है!' युवक ने एप्पल ब्रांड को श्राप दिया।

'आप आगे वाली जीप के बारे में बात कर रहे थे, वह कितने बजे तक वापस लौटेगी?'

'नहीं, वो जीप वापस नहीं आएगी। वो ढिकाला के लिए थी। क्या मैंने आपको जानकारी नहीं दी कि ड्राइवर भी अब रेस्ट हाउस में रहते हैं?' ड्राइवर ने समझाया। उसके जवाब ने मुझे उत्तेजित कर दिया।

'ये महान जानकारी है! जीप के पास कोई रेडियो नहीं है; फोन काम नहीं कर रहे हैं और निकटतम रेस्ट हाउस तीस मील दूर है। गेट अधिकारियों को इस बात का कोई अंदाजा नहीं है कि हम घने जंगल में जंगली जानवरों के बीच फंसे हुए हैं,' लड़की ने बोलना जारी रखा, 'एक घंटे में बाघ और तेंदुए शिकार करने निकल जाएंगे। मेरा मानना है कि हम असहाय हैं और ... इनका निवाला बनने के लिए मजबूर हैं।' अपने कांपते हाथों से चेहरे को लड़की ने ढक लिया। कोहनी तक ढकी उसकी खूबसूरत चूड़ियाँ भी कांपने लगीं। डर की वजह से कुछ पसीने की बूंदे मेरे चेहरे पर भी दिखने लगीं।

'बाघ निश्चित रूप से हमें मार डालेगा! वह हम पर कूद सकता है। यह एक खुली जीप है!' युवक ने सर घुमा कर चारों ओर देखा।

'घबराओ मत। आप लड़की को और ज्यादा नर्वस करेंगे।' मैंने लड़की की तरफ देख कर कहा। हम दोनों की आँखें मिलीं और वह हल्का सा मुस्कुराई।

'नहीं, हर बाघ इंसाओं पर हमला नहीं करता। वो तब तक हमला नहीं करेगा जब तक की वो एक आदमखोर ना हो या उसे हमसे कोई खतरा महसूस ना हो।' ड्राइवर ने ने अपना पक्ष रखा।

'आदमखोर से तुम्हारा क्या मतलब है? क्या कॉर्बेट पार्क में एक आदमखोर है? मुझे विश्वास नहीं होता!' मैंने हैरान हो कर पूछा।

'हां, एक आदमखोर बाघिन है। मेरा मतलब वो यहां नहीं, बल्कि कॉर्बेट पार्क के बाहरी इलाके में है। वो गन्ने की बाघिन के रूप में जानी जाती है।' ड्राइवर ने जवाब दिया। मैं देख सकता था कि उसकी आँखें मेरी घबराहट का आनंद ले रहीं थीं।

'गन्ने की बाघिन का क्या मतलब है?' युवक ने हैरान हो कर पूछा।

'इस बाघिन के शावक थे जिन्हें जंगली कुत्तों ने मार डाला था। लेकिन, किसी तरह बाघिन को विश्वास हो गया की ये इंसानों ने किया है। अब, बाघिन मनुष्यों पर अपना रोष प्रकट कर रही है। वो इंसानों पर हमला करती है और गन्ने के खेतों में छुप जाती है।' ड्राइवर ने समझाया।

'हम उससे सुरक्षित हैं या नहीं हैं?' युवक ने प्रश्न किया।

'हाँ, हम सुरक्षित हैं। लेकिन, कॉर्बेट की सीमाएँ पूर्ण रूप से बाड़ युक्त नहीं हैं। ताजा जानकारी के अनुसार बाघिन ढिकुली के निकट देखी गयी थी और ढिकुली में कुछ एकांत और अलग-थलग इलाके हैं जो असुरक्षित हैं। बाघिन आसानी से कॉर्बेट पार्क में आ सकती है।' ड्राइवर ने आह भर के उत्तर दिया। वह हमें डराता रहा।

'यह इलाका छोटे-छोटे शिलाखंडों, चट्टानों और छोटी-छोटी धाराओं से भरा हुआ है। कॉर्बेट पार्क सौ मील में फैला है, सर। प्रत्येक कोने को सुरक्षित करना असंभव है।'

'मैं बाघों और कॉर्बेट पार्क के आपके ज्ञान की सराहना करता हूं, लेकिन हम यहां कई घंटों तक खुले में नहीं रह सकते। भारतीय जंगलों में नवंबर के महीने में धुन्दल्का नहीं होता। सूरज छिपने से पहले ही अँधेरा हो जाता है। मैं उदास बादलों का निरीक्षण कर सकता हूं। इसका मतलब है कि यह एक चांदनी रात होगी।' मैंने अपना अल्प ज्ञान साझा किया।

'सुरक्षित बाहर निकलने का कोई तो रास्ता होना चाहिए।' लड़की ने घबराते हुए पूछा।

'हां, एक विकल्प है।' ड्राइवर ने जवाब दिया। लेकिन उसने मुस्कुराते हुए मेरी तरफ भी देखा।उसकी मुस्कुराहट ने मुझे संशय में डाल दिया।

'मुझे मत देखो। मैं नीचे नहीं उतरूंगा और जीप को धक्का नहीं दूंगा।' मैंने सुझाव दिया और चेहरा घुमा लिया।

'नहीं, आपको जीप को धक्का देने की जरूरत नहीं है। लेकिन, हमें मदद खोजने जाना होगा और आपको मेरे साथ चलना होगा।'

'और इस जंगल में हमारी मदद कौन करेगा! मुझे तो कोई गाँव भी नहीं दिख रहा।'

'सर... क्या हम उसे सुन सकते हैं?' लड़की ने सुझाव दिया।

'मैं कोई सुझाव नहीं चाहता!' मैंने स्पष्ट किया। 'अगर आप मुझे एक साहसी व्यक्ति मानते हैं, तो मैं स्पष्ट कर दूं कि मेरे पास बाघ के इलाके में अकेले चलने की हिम्मत नहीं है। अगर आपको लगता है कि मैं जंगल के बीचोंबीच निहत्थे चलने को तैयार हूँ, तो मैं आपको बता देना चाहता हूँ कि मैं एक लेखक हूं।' मैंने अपने पेशे को बारीकी से समझाया।

'सर, मुझे शक है कि झाड़ी में आस-पास छुपा बाघ शायद ही आपके पेशे की परवाह करेगा।' ड्राइवर ने कहा। मैं उसे देखकर मुस्कुराया। उसे संकट में भी मजाक सूझ रहा था।

'आप बताएंगे की आप क्या कहना चाहते हैं!' लड़की ने बीच में टोक दिया।

'ठीक है, बताएं।'

'यहाँ से एक मील दूर एक लोहे का मचान है। पर उससे पहले एक छोटा सा खड्ड है। यदि हम खड्ड से नीचे जाते हैं और फिर खड्ड पर चढ़ते हैं, तो हम मचान तक पहुँच सकते हैं।'

'क्या वहाँ कुछ गार्ड है?' मैंने जिज्ञासावश प्रश्न किया।

'हाँ, एक पहरेदार रात भर शिकारियों पर नजर रखता है। उसके पास एक वॉकी-टॉकी है!' ड्राइवर ने उत्तर दिया।

'क्या हम यहाँ से चिल्ला कर उसे नहीं बुला सकते? क्या वो हॉर्न की आवाज नहीं सुनेगा? हम उसे टॉर्च दिखा सकते हैं।'

'नहीं, खड्ड के कारण उस तक टॉर्च की रोशनी नहीं पहुंचेगी। वह दिशा का पता नहीं लगा पायेगा। वैसे भी गार्ड आठ बजे मचान पर अपनी पोजीशन संभालता है। वो मचान से नीचे नहीं उतरेगा। वो इसका जोखिम नहीं लेगा।'

'क्या वह यहाँ से नहीं गुजरेगा?'

'नहीं, वह धनगड़ी गेट से प्रवेश करता है।' ड्राइवर ने समझाया। अहम सवाल यह था कि स्वयंसेवक कौन बनेगा।

'फिर क्या करें?' मैंने प्रश्न किया।

'क्या करें? तुम उसके साथ जाओगे।' लड़की ने कंधे उचकाते हुए कहा। ड्राइवर ने मुस्कुराते हुए मेरी तरफ देखा। सुपारी के सेवन के कारण मैं उसके लाल दांत देख सकता था।

'मैं लड़की को जंगल में नहीं छोड़ सकता! आपको ड्राइवर के साथ जाना होगा!' युवक ने सुझाव दिया।

'मैं अकेले नहीं जाऊँगा।' ड्राइवर ने जोर दिया।

'मैं निहत्था हूं और हिरण की तरह असहाय हूं। मैं क्या कर पाऊंगा?'

'कम से कम साहस दे सकते हो! मुझे इसकी आवश्यकता पड़ेगी,' ड्राइवर ने दंपति की ओर रुख किया और कहना जारी रखा, 'मैं जीप को प्लास्टिक की चादर से ढक देता हूँ। अगर आपको जीप के पास कोई हाथी या बाघ दिखाई दे, तो लाइट जला देना या हार्न बजा देना।'

'लेकिन, नियम पुस्तिका कहती है कि इसकी अनुमति नहीं है!' लड़की ने सवाल किया।

'हां, लेकिन तब नहीं जब बाघ आप पर कूदने के लिए तैयार हो।' ड्राइवर ने जवाब दिया। उसके जवाब ने लड़की के चेहरे पर मुस्कराहट ला दी।

'क्या यह बैटरी को प्रभावित नहीं करेगा?'

'क्या फर्क पड़ता है? शायद ही इसका उपयोग हो।अगर कुछ मदद ना भी मिली तो भी हमें सुरक्षित रूप से ले जाने के लिए सुबह एक और जीप होगी।'

'सुबह क्यों?' लड़की ने प्रश्न किया।

'अगर गार्ड ने छुट्टी ले ली तो! हमारे पास तब वॉकी-टॉकी नहीं होगा।'

'ओह! हाँ, यह हो सकता है। लेकिन, सबसे पहले, हमें मचान तक पहुंचने की जरूरत है।' मैंने घबरा कर कहा।

ड्राइवर मेरी तरफ मुड़ा और कहने लगा, 'सुनिए! सर, आपको मेरे पीछे लाइन बना कर चलना होगा। मैं टार्चलाइट तभी जलाऊंगा जब रास्ता खुरदुरा होगा या खड्ड में कुछ नहीं दिखाई देगा। अन्यथा, मैं अपनी लकड़ी की छड़ी का उपयोग करूंगा। मैं नहीं चाहता कि किसी भी बाघ या तेंदुए को टॉर्च की रोशनी दिखाई दे। वे उत्सुक हो सकते हैं और इसकी जांच करने के लिए आ सकते हैं। हमें सतर्क रहने की जरूरत है।'

मैंने सिर हिलाया और सुझावों के सामने आत्मसमर्पण कर दिया। हम दोनों ने जीप को चादर से ढक दिया। नवविवाहित करीब आ गए।

༺༻

एक समय में एक इंच आगे बढ़ते हुए, हमने जीवन के सबसे भयानक, असामान्य और चुनौतीपूर्ण मार्ग पर चलना शुरू किया। मैंने बाघ के अचानक होने वाले हमले के लिए बाएं और दाएं देखा। पसीना मेरे माथे से गर्दन पर गिर रहा था। तेंदुए की, मुझे चिंता नहीं थी क्योंकि ड्राइवर के पास एक विश्वसनीय लकड़ी की छड़ी थी और आदमखोर तेंदुए दुर्लभ हैं। आदमखोर बाघिन चिंता का विषय थी।

इलाके में एक आदमखोर बाघिन का ऑपरेशन चल रहा था और बाघिन यहाँ से मीलों दूर हो सकती थी या फिर एक झाड़ी के पीछे चुपचाप बैठी हो सकती थी। सावधानी से अपने पैर को सूखी टहनी या शाखा पर रखते हुए, हमने एक घंटे में हजार गज की दूरी तय की। बाघों में तीव्र श्रवण और सटीक दृष्टि होती है। बाघ सौ गज की दूरी से सरसराहट की आवाज सुन सकते हैं और रात में बेहतर देख सकते हैं। मैं बाघ की तरह बेहतर नहीं देख सकता था इसलिए मुझे नवविवाहित ठीक से नहीं दिखे, लेकिन वे चादर के नीचे सुरक्षित दिखे। सूरज ढल चुका था और अँधेरा घना होने लगा था।

अचानक, ड्राइवर ने खतरे को भांप लिया। उसने कुछ नहीं कहा और मुझे झाड़ी की ओर देखने का इशारा किया। पीली रोशनी से जड़ी आँखें हमारी ओर देख रहीं थीं। मेरे होंठ सूख गए और पेट में उत्तेजना का दबाव महसूस हुआ। एक आदमखोर की निकटता ने मेरी रीढ़ को जड़ कर दिया था। जल्द ही मांसाहारी के आक्रमण की उम्मीद थी। हालाँकि, मुझे पता

था कि एक आदमखोर बाघ बहुत मुश्किल से ही अपने शिकार को सामने से चुनौती देता है। वो शिकार का पीछा करता है ओर चालाकी से पीछे की ओर से झपटा मारता है। क्या मैं पीछे नहीं था? लेकिन, मैं लापरवाह नहीं था, और हम जानते थे कि सामने आदमखोर हो सकता है। हम दोनों दम साधे झाड़ी की ओर देखते रहे। तथापि, ठंडी हवा ने झाड़ी को हिला दिया और पीली आँखें गायब हो गईं। हमने महसूस किया कि पीली आँखें वास्तव में फायरफ्लाइज़ थीं। तनाव कम करने के लिए मैंने एक गहरी सांस ली।

हम खड्ड के किनारे पर पहुँचे और सावधानी से नीचे उतरने लगे। अँधेरा घना था परन्तु खड्ड गहरा नहीं था। वह छोटी चट्टानों और शिलाखंडों से युक्त था जिनकी ऊंचाई तीन फीट तक थी। अंधेरे में ड्राइवर तक को देखना मुश्किल था। समतल मैदान कहीं नजर नहीं आ रहा था। एक अवसर पर, मैंने चालक को बांह से पकड़ लिया। वह भय से कांपने लगा। उसकी प्रतिक्रिया को देखना मुश्किल था। मुझे यकीन है कि ड्राइवर ने मुझे घृणा से मुड़कर देखा होगा। मैंने निश्चित रूप से उसे परेशान कर दिया था।

खड्ड के उबड़-खाबड़ इलाके को लांघने के बाद हमें समतल जमीन तक पहुंचने में तकरीबन घंटा भर लगा। लोहे के मचान को सामने देखकर मैं बहुत खुश था। मचान बीस गज की दूरी पर था। मैंने ड्राइवर से टार्च छीन ली और उसकी रोशनी से मचान पर गार्ड को खोजने लगा। वो मचान पर नहीं दिखा। लेकिन, गार्ड आएगा, मुझे विश्वास था।

ड्राइवर थोड़ा आराम करने के लिए जमीन पर बैठ गया। जहाँ आदमखोर बाघिन का खतरा हो वहाँ जमीन पर बैठने का कोई मतलब नहीं था। इसलिए, मैंने ड्राइवर को टॉर्च की रोशनी दिखाई और उसे खड़े होने का इशारा किया। उसने कोई जवाब नहीं दिया। मैंने टॉर्च को इधर-उधर घुमाया और सूखे गन्ने के खेत की तरफ देखा। वह घास से भरा एक छोटा सा मैदान था। वह हमसे कुछ गज की दूरी पर था। हो सकता है, पार्क में ग्रामीण रहते थे और वे बाहर चले गए, लेकिन खेत बने रहे, मैंने सोचा। मैदान में थोड़ी सी सरसराहट से ने मेरा ध्यान खींचा। घबराकर, मैंने पूरे मैदान में टोर्च की रौशनी घुमाई। टार्चलाइट के बीम में, मैंने

गन्ने के खेत से भारी सिर वाले बाघ को निकलते देखा। बाघ ने टॉर्च की रोशनी में मेरे घबराए हुए चेहरे को देखा।

जब मनुष्य दौड़ते हैं, तो बाघ की प्रतिक्रिया जंगली कुत्ते की तरह ही होती है। जब इंसान दौड़ते हैं तो बाघ भी दौड़ते हैं और वे उनका पीछा करते हैं। एक साधारण बाघ इंसानों को देख कर रास्ता बदल लेता है और पीछे हट जाता है। लेकिन, हम साधारण बाघ को नहीं देख रहे थे। यह एक आदमखोर बाघिन थी और वो वापस कदम रखने के मूड में नहीं थी। टॉर्च की रोशनी में मेरे घबराये चेहरे को देख ड्राइवर ने भी खेत की तरफ देखा। वह वहीं जम गया। चूंकि मैं मचान के नजदीक खड़ा था, मैं तुरंत मचान की तरफ दौड़ा, लेकिन ड्राइवर को भागने का मौका नहीं मिला। एक बाघ कितना फुर्तीला हो सकता है यह देखने के लिए उसे दौड़ते हुए देखना चाहिए। बाघिन ने जबरदस्त छलांग लगाई। मेरे कांपते हाथों से टॉर्च नीचे गिर गयी। मैं कुछ ही सेकंड में लोहे के मचान के ऊपर चढ़ गया। बाघिन ने दौड़ लगाते हुए मेरी तरफ भी देखा। बाघिन को ड्राइवर को हथियाने में कुछ ही सेकंड लगे। उसने अपने शक्तिशाली जबड़े से तुरंत ही ड्राइवर की गर्दन को मोड़ दिया। ये बहुत शीघ्र हुआ। ड्राइवर केवल एक ही बार चीख सका। बाघिन ने घूर कर मचान की तरफ देखा।

बाघिन ने कुछ मिनटों के लिए मचान की परिक्रमा की और फिर चालक के पास उसके कूबड़ पर बैठ गई। उसने ड्राइवर को नहीं खाया। बाघिन ने उसमें कोई दिलचस्पी नहीं दिखाई। वह जानती थी कि गरीब ड्राइवर के लिए सब खत्म हो चुका है। यह सबसे दुर्भाग्यपूर्ण था। मैं उसे विशालकाय बाघिन की दया पर छोड़ने के लिए ग्लानि से भर गया। लेकिन मैं क्या कर सकता था? मैं निहत्था और अपरिचित था। मैं यह सोच कर कॉंप गया की अगर इस समय गार्ड आ गया तो वो भी कुछ नहीं कर पायेगा। लेकिन, गार्ड नहीं आया।

୧୨

बाघिन कुछ ही मिनटों के बाद चली गई। वह उसी दिशा की ओर गयी जहाँ से वह आयी थी। मैंने रात का बाकी समय कांपते हुए बिताया। ड्राइवर पर टॉर्च की रोशनी पड़ रही थी। मैंने उस ओर देखने की हिम्मत

नहीं की। मदद अगली सुबह पहुंची। घबराए हुए मैं मचान से नीचे की ओर उतरा।

'तुम ठीक तो हो न?' वन अधिकारी ने चौंधियाई आँखों से सवाल किया।

'क्या मैं आपको ठीक नजर आ रहा हूँ? मुझे लगता है कि यह आघात है...' शब्द अंदर ही घुट कर रह गए। गरीब ड्राइवर को ढकते हुए अन्य गार्ड घबराए हुए लग रहे थे।

'धन्ना एक अच्छा ड्राइवर और बहादुर था। लेकिन, उनके कुछ गंभीर मुद्दे थे,' वन अधिकारी ने कहा।

'हम्म ... वह बहादुर था! मैं सहमत हूँ।'

'मचान का गार्ड रात को नहीं आया! क्यों?'

'जब वह छुट्टी पर था तो क्यों आता? धन्ना को इसकी जानकारी थी। मुझे नहीं पता कि उसने यहां आने का फैसला क्यों किया।'

'क्या? क्या उसे उसकी अनुपस्थिति का पता था?' मैंने सवाल किया। मैं हैरान रह गया।

'हां, वह उसकी अनुपस्थिति के बारे में जानता था। यह जानना कठिन है की उसने यह निर्णय क्यों लिया। जीप बिलकुल ठीक है। फ्यूज खराब नहीं था। उसे गार्ड की अनुपस्थिति के बारे में पता था। फिर वह यहां क्यों आया?' वन अधिकारी सोच में पड़ गया। उसने अपना सिर झुका लिया।

'नहीं, फ्यूज टूट गया था।'

'नहीं, फ्यूज हमें उसकी जेब में मिला। शायद, उसने इसे हटा दिया था या वो गिर गया था।'

'धन्ना इसे क्यों हटाएगा? वह उसे अपनी जेब में क्यों रखेगा? उसने इसे ठीक क्यों नहीं किया?' मैंने सवाल किया।

'हम इसके लिए एक जांच की सिफारिश करेंगे।' वन अधिकारी ने जवाब दिया।

'आपने हमें क्यों नहीं खोजा?' मैंने वन अधिकारी से पूछा।

'हम रात को आप सब को खोजने निकले थे! वास्तव में, हमने देर रात दंपति को कांपते हुए पाया। वे निश्चित नहीं थे कि आप और ड्राइवर

किस दिशा में गए थे। हम रात में जंगल में नहीं घूम सकते! इसलिए, हम वापस चले गए!' वन अधिकारी ने जवाब दिया।

'हम्म ... अगर आप हमें खोजते तो...'

'हमारा भी परिवार है!' वन अधिकारी ने मुझे बीच में ही टोक दिया।

'क्या धन्ना का परिवार नहीं है? उसके परिवार के बारे में क्या!'

वन अधिकारी शांत रहे।

फिर, उन्होंने कहा, 'हां, वे गांव में रहते हैं। लेकिन, वह किसी कारण से उदास हो गया था। मैंने बताया आपको की उसके कुछ मुद्दे थे।'

'यह दुर्भाग्य की बात है। क्या उनके परिवार को मुआवजा मिलेगा?'

'वास्तव में, यह दुर्भाग्यपूर्ण है। हां, परिवार को मुआवजा मिलेगा। यह एक बड़ी राशि होगी।' अधिकारी ने जवाब दिया।

उदास आँखों से मैं जीप में जा कर बैठ गया। यह वही जीप थी जो पिछली रात धन्ना चला रहा था। यह वापस गेट तक का रास्ता तय कर रही थी, सिर्फ इस बार ड्राइवर अलग था। मैं युगल से मिला और वे भयभीत दिखे। उन्होंने डीएफओ से कहा कि उन्होंने बाघ की दहाड़ सुनी पर वो डर के कारण छुपे रहे और कोई शोर नहीं किया। डीएफओ ने उन्हें बताया की उन्होंने समझदारी से काम लिया।

गहरे विचारों के साथ, मैंने रहस्य को उजागर करने की कोशिश की। जीप ठीक हालत में थी। लेकिन, धन्ना फ्यूज को क्यों हटाएगा? वह वाहन क्यों खराब करेगा? धन्ना को पता था कि वन रक्षक छुट्टी पर है। उसके लिए अपनी जान जोखिम में डालने का कोई कारण नहीं था। धन्ना ने सुरक्षित रूप से जोड़े को चादर के नीचे रखा। लेकिन, उसने मेरी जान को जोखिम में क्यों डाला? शायद, उसने मुझे बचाने के लिए किया। उसने बाघिन को वहां भांप लिया था इसलिए वह जमीन पर बैठ गया और मुझे सुरक्षित कर दिया क्योंकि मैं मचान के नजदीक था। क्या उसने खुद को बाघिन को अर्पित किया था? लेकिन, वह अकेले क्यों नहीं गया? शायद, वह इस घटना का चश्मदीद चाहता था। वह चाहता था की किसी गवाह के बयान से उसके परिवार को मुआवजा मिल सके। कई सवाल नहीं पूछे जाते। डीएफओ ने कहा कि धन्ना मौद्रिक मुद्दों का सामना कर रहा था। क्या उसने मुआवजे के लिए आत्महत्या कर ली

और इसे एक दुर्घटना की तरह बनाया? हालांकि, उन्होंने एक गलती की। उसने फ्यूज को अपनी जेब में रख लिया। उसने ऐसा क्यों किया? कभी किसी को पता नहीं चलेगा।

2

आदमखोर की सत्ता

'बाघ ने एक और आदमी मार दिया! जॉनी! जल्दी आओ।' यह टेलीग्राम उन असामान्य टेलीग्राम में से था जो जॉनी एंडरसन को भेजा गया था। जॉनी एंडरसन सेंट्रल प्रोविडेंस में कर्नल और बड़े गेम शिकारी थे। यह असामान्य टेलीग्राम उनके मित्र मैथ्यू हैमिल्टन द्वारा भेजा गया था, और वह सर्किल अधिकारी के रूप में झाँसी में तैनात थे। कर्नल जॉनी की इस बाघ से मुठभेड़ वर्ष 1935 में हुई थी।

हालांकि, सबसे असामान्य टेलीग्राम अफ्रीका के किमा स्टेशन मास्टर द्वारा भेजा गया था। उन्होंने रेलवे स्टेशन की इमारत की छत पर बड़े शेर को लोहे की चादर खरोंचते देखा जहाँ वो कार्यरत थे। शेर को 'किमा का आदमखोर शेर' भी कहा जाता था। तार का शीर्षक था, 'स्टेशन से लड़ने वाला शेर।' किमा के इस शेर को रेल कर्मचारी खासतर पसंद थे, और उसने अपनी सूची में पहले से ही वैगन चालक और स्टेशन मास्टर को शामिल कर लिया था।

कर्नल जॉनी को मचान की सुरक्षा से किसी निर्दोष बाघ का शिकार करना कभी नहीं भाया। उन्हें इसमें कोई रोमांच नहीं दिखता था। घंटों जमीन से उपर मचान में छिप कर बैठे रहना उन्हें बोरिंग लगता था। जॉनी ने हमेशा बाघ का पीछा करना बेहतर समझा। ऐसे भी मौके आये जिसमें उन्होंने बाघ को मात्र कुछ फीट की दूरी से सर में गोली मारी। हालाँकि, एक ही दिन में कई बाघों को गोली मारने वाले ड्यूक्स एंड

कंपनी के अधिकारियों के विपरीत, बहादुर कर्नल ने केवल आदमखोर बाघों का ही शिकार किया था। किसी भी निर्दोष बाघ को उन्होंने कभी नहीं मारा। कर्नल जॉनी को बहादुर कहा जा सकता है, लेकिन विशेषज्ञों का मानना था कि उनका आदमखोर बाघ का पैदल पीछा करना किसी आत्महत्या से कम नहीं था।

बिना किसी देरी के जॉनी बरेली से ट्रेन लेकर झाँसी पहुँचे। मैथ्यू ने जॉनी का गर्मजोशी से स्वागत किया और सरकारी बंगले में उनके रहने की व्यवस्था की। यह शहर से कुछ मील की दूरी पर घने जंगल में स्थित था। झांसी के चट्टानी पठार पर होने के कारण गर्मियों में यहाँ तापमान अधिक रहता था। झांसी के जंगल घने थे और हरे पेड़ों से लदे हुए थे। पर धूल भरे मैदान भी कम ना थे और सूखी झाड़ियों की भरमार थी। यह सूखी झाड़ियाँ बाघ की धारीयाँ छुपाने के लिए उपयुक्त थीं।

बाघ आमतौर पर शिकार के लिए व्यापक खुला मैदान पसंद करता है, और बहुत कम ही शिकार के लिए घने जंगल में जाता है। जैसे रणथम्बोर के जंगलों में बाघ आमतौर पर तालाब के किनारे ही शिकार करता है। बंगले के नजदीक वाले जंगल में शिकारियों के लिए जंगली सूअर से लेकर हिरण तक उपलब्ध थे। बाघों के लिए भी पर्याप्त भोजन मौजूद था। यह समझना मुश्किल था कि झांसी के इस बाघ ने अपने वैध शिकार के बजाय मनुष्यों को क्यों पसंद किया। यह बाघ एक आदमखोर में क्यों बदल गया, इसका उत्तर कर्नल जॉनी जानना चाहते थे।

'आह! मैं आपको देखकर बहुत राहत महसूस कर रहा हूं, जॉनी!' मैथ्यू ने सिगार का धुआं छोड़ते हुए कहा।

'आपने पत्र के बदले तार भेजा। मैंने महसूस किया कि यह गंभीर मसला है। बाघ जरूर चिंताजनक हो रहा होगा। आदमखोर बाघ के बारे में आप कुछ बताएँगे?'

'जॉनी, यह बाघ कुछ महीने पहले दिखाई दिया। इसने मध्य प्रांत में केन नदी के जंगलों से लगभग सौ मील की लंबी यात्रा आरम्भ की। प्रारंभ में, हमने इस पर ध्यान नहीं दिया। एक बाघ के लिए किसी अन्य शक्तिशाली धारीदार जानवर से चुनौती के कारण अपने निवास स्थान को बदलना तर्कसंगत था। पहले तो इस बाघ ने अपने प्राकृतिक शिकार

का पीछा किया और फिर आस-पास के गांवों से मवेशियों को उठाना शुरू कर दिया।' मैथ्यू फिर कश खींचते हुए बोले।

'हम्म ... बोलते रहिये।'

'हालांकि, एक अवसर पर, जंगल के नजदीक चरने वाले मवेशियों के झुंड से बाघ ने एक गाय को उठा लिया। बाघ भूखा होगा तभी उसने चरवाहे के सामने ही भोजन शुरू कर दिया। बाघ के उग्र होने के कारण, चरवाहे ने अपनी छड़ी से बाघ को चुनौती दी। बाघ ने चुनौती स्वीकार करी और बाघ चरवाहे की ओर आगे बढ़ा। जब उसने यह देखा, तो वह वापस मुड़ा और गाँव की ओर भागा। गरीब आदमी लाठी लेकर क्या कर सकता था? बाघ ने आदमी को कंधे पर जोर से मारा और उसकी गर्दन कुचल दी।'

'वास्तव में, बाघ की ओर भागना मूर्खता थी। उसने दोपहर के भोजन में व्यस्त बाघ को परेशान किया। आगे क्या हुआ?'

'बाघ अपने भोजन के लिए वापस आ गया, लेकिन अवसरवादी लकड़बघों और गिद्धों ने बाघ के भोजन से अपना हिस्सा ले लिया। बाघ कुछ मिनटों तक वहीं खड़ा रहा। उसके बाद, उसने गरीब चरवाहे के शरीर की ओर देखा। सभी मवेशी पहले ही छिटक कर गाँव की ओर भाग चुके थे। बाघ ने चरवाहे की ओर कुछ कदम बढ़ाये, और उसे उठा लिया। बाघ चरवाहे को लेकर जंगल में गायब हो गया। इस तरह से ये बाघ झाँसी का आदमखोर बाघ कहलाने लगा। जब हम इस समय बात कर रहे हैं, तब तक यह बाघ बीस लोगो का शिकार कर चुका है।'

'यह तो काफी हैं, मैथ्यू।'

'हां, जरूर, जॉनी। यह काफी ज्यादा लोग हैं। इस बाघ को मारने पर आपको सरकार की ओर से सौ रुपये का इनाम मिलेगा।'

'इस बाघ को मारने के लिए क्षेत्र में कितने अन्य शिकारी हैं?'

'कोई नहीं है। हो सकता है, पुरस्कार उनके लिए पर्याप्त न हो। मैं केवल आपको इसकी पेशकश कर सकता हूं।'

'उम्म ... दोस्त! तुम्हारे कहने पर मैं इसका शिकार करूंगा। मैं इस बाघ को कहां खोज सकता हूं?'

'बाघ को उत्तर की ओर जाने वाली पगडंडी पर देखा गया था। गर्मियों में बाघ पानी में लेटना पसंद करते हैं,'

'हम्म ... मैं बाघ को वहीं खोजूंगा।'

'ये तो बहुत अच्छा होगा! जिले के उस हिस्से में काफी हत्याएं हुई हैं!'

'इस बाघ की सीमा क्या है?'

'लगभग अस्सी मील! दक्षिण से उत्तर तक।'

'पिछली हत्या कहां हुई थी?'

'आखिरी झड़प यहाँ से कुछ मील दूर थी! एक चरवाहा खुले मैदान से लौट रहा था और उसने झाड़ भरे जंगल से घर जाने का रास्ता चुना। वर्ष का सबसे गर्म मौसम होने के कारण, बाघ शायद छोटे से तालाब के पास छाया में आराम कर रहा था और तभी शायद उसे चरवाहा जाता हुआ दिखा होगा। हालांकि उसने भोजन पर्याप्त मात्रा में कर रखा था, लेकिन रास्ते से जाने वाले भोजन का लालच नहीं छोड़ सका।' मैथ्यू ने नक्शे के माध्यम से समझाया।

'हम्म ... और बाघ पैंथर से अलग हैं। वे दिन के किसी भी समय शिकार करते हैं!'

'हाँ, वे हमेशा भटकने वाले यात्रियों की तलाश करते हैं।'

'इस बाघ के बारे में कुछ और साझा करना चाहते हैं?'

'वह बहुत बड़ा है! उसके विशाल सिर के चारों ओर बिखरे हुए बाल हैं।'

'जाहिर है कंघी नहीं है उसके पास।'

'बहुत खूब! मजाक अच्छा है! अन्य आदमखोर बाघों की तरह, वह भी चालाक है। निरंतर शिकारी की प्रवर्ती के साथ शिकार करता है।'

'यह अलग किस्म का पापी है! अनुभव से भरा शिकारी भी इसका शिकार हो सकता है। है ना!' जॉनी ने मुस्कुरा कर पूछा।

'मुझे उम्मीद है कि ऐसा नहीं होगा, जॉनी! आप जिले में सबसे अच्छे शिकारी हैं और आप दोस्त हैं।'

'मैं थक गया हूँ! इसका शिकार करने के उपरांत बात करेंगे, मैट!'

'सुरक्षित रहना! शुभ रात्रि, जॉनी!'

शिकारी आमतौर पर बकरी या भैंस खरीदते हैं और इसे बाघों के लिए चारे के रूप में उपयोग करते हैं। सभी बाघ भैंस और सांभर के अलावा बकरी को पसंद करते हैं। लेकिन, यह बाघ कोई साधारण बाघ नहीं था। वह एक उग्र व्यक्ति-भक्षक था और ग्रामीणों के रूप में बहुत सारा भोजन उसके लिए उपलब्ध था। हताशा के माहौल में ही इस बाघ को बकरी में दिलचस्पी होगी। ग्रामीणों को एक लंबी अवधि के लिए अपनी झोपड़ियों में बंद रखना और बाघ को भूखा रखना असंभव था।

जॉनी के लिए अहम मुद्दा यह था कि इस आदमखोर का पता कैसे लगाया जाए। झाड़ियों से भरपूर जंगल में आदमखोर का पीछा करना आत्महत्या से कम नहीं था। जमीन पर आदमखोर बाघों का पीछा करने पर अधिकतर शिकारियों को बन्दूक को कंधे तक लाने का मौका नहीं मिलता है। बहुत समय पहले, एक अनुभवहीन शिकारी पास के तालाब से अपनी बोतल भरने के लिए मचान से नीचे आया। बाघ की धारियाँ पूरी तरह से घास में विलीन हो चुकी थीं, और वह शिकारी को चुपचाप देखता रहा। उसने शिकारी को तब दबोच लिया जब उसने बोतल भरने के लिए अपनी बंदूक जमीन पर टिका दी। बाघ ने एक शक्तिशाली गर्जना के साथ उस अवधि को चुना और शिकारी की गर्दन मरोड़ दी। बाघ के उभरने पर झाड़ी हिली तक नहीं और शिकारी को चिल्लाने का भी मौका नहीं मिला। जॉनी ने विनचेस्टर राइफल को साफ किया और बाघ को खोजने निकल पड़े।

ग्रीष्मकाल में विभिन्न स्थानों पर बाघ पाए जा सकते हैं। वे गर्मी से बचने के लिए गुफ़ाओं या अतिवृष्टि वाली झाड़ियों को पसंद करते हैं या फिर संकीर्ण खड्ड को जिसमें पानी होता है। सूर्य के तीव्र होने पर वे खुले मैदान को पसंद नहीं करते हैं। जॉनी ने सावधानीपूर्वक बाएं और दाएं को गौर से देखा, हालांकि कभी-कभी वह आश्चर्य से भरे झप्पट्टे के लिए सर घुमा कर पीछे की तरफ भी देख लेते थे। एक साधारण बाघ जब आदमखोर हो जाता है तो वह कायर बन जाता है। बहुत कम ही, आदमखोर लोगों के एक समूह पर हमला करते हैं। यहां तक कि कुछ असाधारण मामलों में, आदमखोर बाघ मुख्य रूप से उस व्यक्ति को

लक्षित करता है जो पंक्ति में अंतिम होता है।

मैसूर में एक अवसर पर, बाघ ने बैलगाड़ी से एक व्यक्ति को खींच लिया था। गाड़ी समूह में अंतिम थी। लेकिन, यहाँ जॉनी अकेला था और आदमखोर ऐसा व्यक्ति पसंद करते हैं। जंगल असामान्य रूप से शांत था। न किसी पक्षी की चेहचाहने की आवाज थी और न ही वानर की नादानी। लंगूर को जंगल का चौकीदार कहा जाता है। हेड लंगूर अपने कबीले की सुरक्षा के लिए एक बड़ी जिम्मेदारी निभाता है। वह एक पेड़ के शीर्ष पर बैठता है, और उसकी आँखें विशाल जंगल का निरीक्षण करती हैं। वह आमतौर पर शांत जंगल को 'खार ... खार' की आवाज के साथ बदल देता है। अगर वह देखता है कि कोई मांसाहारी चल रहा है तो सारा जंगल सावधान हो जाता है। जॉनी ने अनुमान लगाया कि जंगल का मालिक आराम कर रहा था और शिकार करने के मूड में नहीं था। हालांकि, जानी ने कोई कोताही नहीं बरती।

अपने पैर को सावधानी से जमीन पर रखते हुए, जॉनी ने पानी के कुंड तक पहुँचने के लिए जंगल की घनी झाड़ियों को साफ किया। वह देख सकता था कि अगला गाँव इस तालाब से कुछ मील की दूरी पर है। जॉनी जैसे ही तालाब की ओर बड़ा, वह सांवले रंग वाली लड़की को तालाब के किनारे बैठा देख चौंक गया। वह तेज धूप से बचने के लिए बड़ी चट्टान के नीचे बैठी थी और अपने शरीर को साफ कर रही थी। यह एक असामान्य दृश्य था। जब वह आदमखोर कहीं भी हो सकता था, उसका व्यापक दृष्टिकोण में बैठना मूर्खतापूर्ण निर्णय था।

जॉनी अपनी उपस्थिति प्रकट करने के लिए जानबूझकर खांसने लगा। वह चाहता था वह लड़की अपने पास पड़े कपड़े से खुद को ढँक ले। लड़की ने तुरंत पीछे मुड़कर देखा और घबराए हुए हाथों से कपड़े से खुद को ढक लिया। कपड़े ने काफी हद तक उसके शरीर को ढक लिया था। उसकी जांघों पर कुछ खरोंच के निशान थे। लड़की उससे बीस गज की दूरी पर थी, लेकिन जॉनी यह देख सकता था। उसकी आँखें भूरी, बड़ी और गोल थीं। उसका शरीर मध्यम और अंग सुडोल व आकर्षक थे। उसकी आंख के पास एक गहरा लाल निशान था जो संकेत दे रहा था की उसे बुरी तरह मारा गया है। यह हालिया घाव लग रहा था। कुल मिलाकर,

वह आकर्षित कर देने वाली युवती थी।

'मेरा नाम जॉनी है, और मैं कंपनी से कर्नल हूँ। मैं एक बाघ तलाश कर रहा हूं। मेरा मतलब है... आदमखोर बाघ। आपने आदमखोर के बारे में सुना या... देखा है?' जॉनी ने टूटे हुए शब्दों के साथ पूछा। वह गर्मी से बचने के लिए बड़ी चट्टान के पास जमीन पर बैठ गया। स्थानीय भाषा में उनका ब्रिटिश उच्चारण मिश्रित था।

लड़की चुप रही और कोई जवाब नहीं दिया। हालाँकि, उन्होंने जो पूछा वो उसे स्पष्ट रूप से समझ सकती थी।

'आपको डरने की जरूरत नहीं है। आप बोलेंगी तो मैं आपको अकेला छोड़ दूंगा। मैं सिर्फ पानी में डुबकी लगाना चाहता हूँ। आग बरस रही है, है ना?'

'हम साहब से डरते हैं, न कि बाघ से। साहब लोग रात में हमारे दरवाजे पर हल्ला करते हैं और गंदे एहसान मांगते हैं।' लड़की ने जवाब दिया।

'देखिए, मैं उस पर टिप्पणी नहीं कर सकता। मैं उन लोगों में से नहीं हूं। मैं यहां एक बाघ को मारने निकला हूँ। मैं उस बाघ के बारे में जानना चाहता हूं जिसने इस जिले में कई लोगों को मार डाला है।'

'वह बाघिन है! शैतानी बाघिन ने इस जिले को अपना घर बनाया है, साहिब। यह बाघिन उल्लेखनीय है क्योंकि यह शिकारी की हर चाल को जानती है। पिछले महीने, उसने मचान से साहिब को नीचे खींच लिया और उसे मार डाला।' लड़की ने उत्तर दिया।

जॉनी के बर्ताव ने उसे सहज कर दिया था। वह वास्तविक श्वेत व्यक्ति लग रहा था जो सिर्फ बाघ का शिकार करना चाहता था।

'क्या कहा आपने? मचान से नीचे खींच लिया! क्या आप मजाक कर रहीं हैं?'

'क्या मैं आपको जानती हूँ? नहीं ना! यह सच है साहिब। भूरा! वो ग्राम प्रधान है और उसने ये सब दूसरे पेड़ से देखा था।'

'बाघिन ने भूरा को क्यों बख्श दिया?'

'हो सकता है बाघिन ने उसकी उपेक्षा इसलिए की हो क्योंकि वह हथियारबंद नहीं थी। साथ ही, निहत्थे होने के कारण, वह पेड़ की शाखा

पर बैठा था। शाखा बाघ का वजन नहीं उठा सकतीं हैं।' लड़की ने अपने घुटनों पर पानी छिड़का।

'यह कैसे हुआ?'

'साहिब! क्या आप अलौकिक में विश्वास करते हैं?'

'हा ... नहीं, मैं इसमें ज्यादा विश्वास नहीं करता। लेकिन, तुम ये क्यों पूछ रही हो? क्या बाघिन भूतिया थी?'

'नहीं, वह भूतिया नहीं थी। लेकिन, आपने सुना होगा कि मालिक और नौकर के बारे में अंग्रेजी कहावत क्या कहती है। मुझे उम्मीद है कि आपने कहानी सुनी होगी। बाघ का शिकार व्यक्ति उसका नौकर बन जाता है। फिर वह अपने हत्यारे बाघ की सेवा करता है।'

'हां, मैंने कहानी सुनी है। बाघ द्वारा मारे गए व्यक्ति की आत्मा उसके सर पर बैठ कर उसे अगले शिकार की और ले जाती है। वह उसका मार्गदर्शन करती है और अगला शिकार उसका कोई जानकार होता है। आत्मा अपने मालिक की सेवक बन जाती है, मतलब उस बाघ की जिसने उसे मार डाला था।'

'हां, यही बात अंग्रेज साहब के साथ हुई।'

'मैं उत्सुक हूँ! क्या आप विवरण देंगी की असल में हुआ क्या था?'

'हां, बिल्कुल, साहब। कुछ दिन पहले, इस अंग्रेज साहब के कार्यालय के लिए काम करने वाले धावक को आदमखोर ने मार डाला था। साहब बन्दूक ले कर मचान में बैठ गए और भूरा सामने वाले पेड़ की शाखा पर बैठ गया। जंगल शांत था और झाड़ी भी नहीं हिलती थी। चांद शानदार ढंग से चमकता रहा और साहब चुपचाप अपने मचान पर बैठा रहा। चांदनी रात में धावक की लाश मचान से साफ दिखती थी।'

'मचान कितना ऊँचा था?'

'वह जमीन से काफी ऊंचाई पर था,'

'तुम्हें पता है, एक बार मैंने लाश को जमीन से तीस फीट ऊपर उठा लिया था और इसे शाखाओं और पत्तियों के साथ छुपा दिया था ताकि उसे लकड़बघों या पैंथर्स से सुरक्षित रखा जा सके। फिर मैं भोजन करने रेस्ट हाउस चला गया। लेकिन, बाघ जल्दी आ गया और कई प्रयासों के बाद, उसने पेड़ से अपना भोजन उतार लिया।'

'हाँ, बाघ पेड़ों पर चढ़ सकते हैं साहिब, अगर वे भूखे हैं!'

'लेकिन, यहाँ बाघिन का भोजन सामने था। उसने शिकारी को क्यों नीचे खींच लिया? बाघों में गंध की भावना नहीं है; मेरा मतलब है वे हवा की गंध से भोजन का पता लगाते हैं। बाघिन को कैसे मालूम पड़ा की शिकारी पेड़ में छुपा हुआ है?'

'हां, साहिब, बाघों में सूंघने की क्षमता ना के बराबर है। जब यह बाघिन भोजन के लिए फिर से आई तो साहब ने ट्रिगर दबा दिया और उसे घायल कर दिया। बाघिन ने शिकारी को देख लिया था।'

'उसने बाद में क्या किया?'

'वह झाड़ी भरे जंगल में छुप गयी।'

'हम्म ... आदमखोर आमतौर पर कायर होता है। उसके बाद क्या हुआ?'

'तनावग्रस्त शिकारी ने मचान पर खुद को छुपा लिया। कुछ मिनटों के बाद, बाघिन अपने भोजन पर लौट आई। जब बाघिन ने उसे देखने के लिए अपना सिर घुमाया तो भूरा घबरा गया। भावना का वर्णन करना मुश्किल है। जंगल में कोई आवाज नहीं थी और सब पक्षी और जानवर शांत थे। प्रत्येक जीवित प्रजाति छिपी हुई थी। जंगल का स्वामी आगे बढ़ रहा था।'

'यह डरावना है!!! हालांकि मैंने कई बाघों को गोली मारी है पर इस वाकया ने मेरे भी रोंगटे खड़े कर दिए हैं। जारी रखें...'

'चिंघाड़ के साथ बाघिन उस पेड़ पर चढ़ गई जहाँ साहिब छिपे थे।'

'आदमखोर घातक तब होते हैं जब वे मनुष्यों के प्रति अपने सभी डर को मिटा देते हैं। संभावना है कि बाघिन ने अपने साहस को वापस पा लिया था और वो अब खूंखार हो गयी थी।'

'हां, साहिब, बाघिन ने मचान को अपने पंजे से कुचल दिया और कुछ विशाल कदम उठाए। उसकी शक्ति से मचान टूट गया और साहिब मचान सहित नीचे गिर गए। बिजली की गति के साथ, और इससे पहले कि साहिब अपने घुटनों पर खुद को उठा पाता, बाघिन ने उसे गर्दन से पकड़ लिया और तेज़ी से पटक दिया। जब ग्रामीणों ने अगले दिन साहिब को देखा तो वो शांत नजर आए।'

'भूरा कैसे बच गया?'

'वह पेड़ में ही छिपा रहा। बाघिन ने उसे बख्श दिया। मेरा मानना है कि बाघिन जानती थी कि भूरा खतरा नहीं है। हो सकता है धावक ने साहिब के बारे में जानकारी दी हो। वो जानता ही ना हो की भूरा कौन है। कौन भविष्यवाणी कर सकता है?'

'क्या किसी को पता है कि अंग्रेज साहिब कौन था?'

'वह अफ्रीका के कप्तान स्मिथ थे।'

'ओह! कप्तान स्मिथ! मुझे विश्वास नहीं होता!' जॉनी ने आश्चर्य से अपनी आँखें बड़ी कर ली।

'क्या वह आपका दोस्त था?'

'बिल्कुल नहीं! लेकिन, हमने साथ शिकार किया था। हमारी रेजिमेंट समान थी।'

'शिकारी बहादुर होते हैं। लेकिन, राइफल्स के बिना शिकार की कहानियां अलग होतीं। वो कहानियां बाघ सुनाते!'

'हा ... हा ... तुम ठीक हो। तुम्हारा नाम क्या है लड़की?'

'लक्ष्मी, साहिब। मैं उसी गाँव की हूँ,' उसने बोलना जारी रखा, 'आप मुझे एक कहानी क्यों नहीं सुनाते, साहब? बाघ आदमखोर क्यों बनते हैं?'

'मैं ज्यादा कहानियाँ नहीं जानता। लेकिन, मैं आपको एक कहानी सुनाऊंगा। आपको पता चल जाएगा कि पहला आदमखोर बाघ कैसे विकसित हुआ। चूँकि मुझे इस बाघिन के बारे में बहुत सी जानकारी दी गई; इसलिए मैं आपको आदमखोर की कहानी सुनाता हूं,'

'क्या यह मेरे रोंगटे खड़े कर देगी?' लड़की ने मुस्कुराते हुए पूछा। जॉनी मुस्कुरा दिया।

'हां, निश्चित रूप से, यह होगा। काफी समय पहले एक बनिया था जो गाँव में दैनिक जरूरत की दुकान चलाता था। यह छोटी सी दुकान थी। बनिया शहर जाता था और अपनी दुकान में बेचने के लिए शहर से सामान लाता था। एक बार, जंगल से बड़ा बाघ निकला और उसने गाँव से शहर को जोड़ने वाली सड़क के पास शिकार किया। यह बाघ कभी-कभी गांव के मवेशियों या बकरी को ले जाता था। कई बार वह सड़क पर बैठ

जाता था ताकि गांव वाले शहर ना जा सकें। बनिया शहर नहीं जा सका और कारोबार घाटे में चला गया। वह गाँव में रहने वाले बुजुर्ग पुजारी के पास गया, और पुजारी ने उसे कुछ पाउडर दिया। उन्होंने बनिये को इस पाउडर को अपनी जेब में रखने के लिए कहा और बोले की अगर उसे अपने पास बाघ दिखाई दे, तो इस पाउडर का सेवन कर ले। तब बनिया भी एक बाघ में बदल जाएगा और फिर वह दूसरे बाघ को मार सकता है या उसे डरा सकता है। उसके बाद अपने मानवीय रूप को वापस पाने के लिए बनिये को पाउडर का सेवन फिर से करना होगा।'

'ओह! यह एक सम्मोहक कहानी है। मैंने इसे कभी नहीं सुना।'

'बिलकुल सही ! एक बार जब बनिया और उसकी पत्नी शहर को जा रहे थे तो उन्होंने सड़क पर बाघ को देखा। बनिये ने अपनी जेब से पाउडर निकाला और अपनी पत्नी को सब कुछ समझाया। महिला स्पष्ट रूप से भयभीत थी और उसने वापस जाने के लिए बनिये से गुहार लगाई। हालाँकि, बनिये ने उसकी बात नहीं मानी। उसने पाउडर लिया और अपनी पत्नी से शेष पाउडर को अपने पास रखने का आग्रह किया। बनिये ने उससे कहा कि जब वह वापस लौटेगा, तो वह शेष पाउडर का उपभोग करके मानव आकार वापस पा लेगा।'

'मैं तो वापस गाँव भाग जाती। परन्तु उस औरत का वहां डटे रहना बहादुरी से कम ना था। उसके बाद क्या हुआ?'

'बनिये ने महिला से कुछ मीटर की दूरी पर जाकर पाउडर का सेवन किया। वह पत्नी को डराना नहीं चाहता था। बनिये ने एक बड़े बाघ का आकार लिया और दूसरे बाघ के पीछे चला गया। पूरे जंगल ने लड़ते हुए बड़े बाघों की भयानक दहाड़ सुनी। बनिया जीत गया, और वह अपनी पत्नी के पास लौट आया।'

'सामने बड़ा सा बाघ देखकर बनिये की पत्नी काँप गई होगी।'

'हाँ वो सहम गयी थी। सामने एक बड़े से बाघ को देख वो जोर से चिल्लाई और गाँव की तरफ भागी। उसके हाथ से पाउडर पानी की छोटी धारा में फिसल गया जो पहाड़ी से नीचे उतर रही था। अब, बाघ में परिवर्तित हुए बनिये के पास कोई पाउडर नहीं था जो उसे एक मानव में बदल देता। उसे अब बाघ के शरीर में रहना था। परेशान होकर उसने

अपनी पत्नी को मार डाला और बाघ के रूप में जंगल में गायब हो गया। उसके पास बाघ का शरीर था, लेकिन मानव का दिमाग भी था, इसलिए वह मनुष्यों के बारे में काफी कुछ जानता था। उसने मनुष्यों का शिकार करना शुरू कर दिया और एक आदमखोर में बदल गया। इस तरह से पहला आदमखोर बाघ उभरा और पीढ़ी दर पीढ़ी हस्तांतरित हुआ।'

'यह अविश्वसनीय कहानी है। क्या आप इसमें विश्वास करते हैं?'

'नहीं, बिलकुल नहीं। मैं शिकारी हूँ!' जॉनी ने जवाब दिया। लड़की चुप रही। उसने कोई उत्तर नहीं दिया।

जॉनी थोड़ा सा आगे बड़ा और उसने तालाब के पानी से चेहरा धोया। इस चर्चा ने जॉनी जैसे शिकारी के चेहरे पर पसीना ला दिया था। जॉनी ने गर्मी से बचने के लिए खुद को बड़ी चट्टान के नीचे छुपाया और अपना सिर लड़की की तरफ घुमाया। लेकिन, लड़की वहां नहीं थी। शायद, लड़की घबरा गयी होगी और गाँव चली गयी होगी, उसने सोचा। हालाँकि, जंगल से अकेले गाँव की ओर जाना साहसिक था। तभी बाघ की दहाड़ ने जॉनी को भयभीत कर दिया। दहाड़ जंगल से नहीं अपितु चट्टान के पीछे से आई थी। जॉनी ने तुरंत राइफल को लपक लिया। गरीब लड़की को मार दिया गया था, और उसे चीखने का मौका भी नहीं मिला। इन विचारों के साथ, जॉनी ने बाघिन को देखने के लिए चट्टान की ओट से अपना सर थोड़ा सा उठा लिया। बाघिन ओर जॉनी की आँखें मिलीं। जॉनी को सिर्फ बाघिन की आँख पर गहरा लाल जख्म देखने का मौका मिला।

3
कटियाना

कटियाना, जो की बड़ी साइबेरियन बाघिन थी उसके सर पर एक मोटी बांस की छड़ी जोर से आ कर लगी। साइबेरियाई बाघिन का चेहरा डर से नहीं, बल्कि गुस्से से भर गया। बांस छोटी कुल्हाड़ी की तरह आ कर लगा। घाव से खून बहने लगा।

'क्या तुम्हारे पास कोई दया नहीं है?' सैम ने घृणा से माइक को कहा।

'क्या?'

"क्या तुम बैनर नहीं पढ़ सकते हो, 'वस्तुओं को बेजुबानों पर न फेंकें? कृपया समझदार बनें!' सैम ने चिड़ियाघर के चेतावनी बोर्ड की तरफ इशारा किया। वो देखो!"

शाम के पाँच बज रहे थे। वहां पर उनके अलावा युगल दम्पति मौजूद था जो कटियाना की तसवीरें लेने में व्यस्त था। वो भी माइक की हरकतों को देखकर गुस्से में थे। कटियाना के हजार वर्ग गज के दायरे में कोई नहीं था। क्षुब्ध हो कर वो दम्पति वहां से चला गया।

'हाँ मुझे पता है। लेकिन, यह घातक झटका नहीं है! उसके सिर पर खून की कुछ बूंदें ही हैं। हम यहां थोड़ी मस्ती के लिए हैं। क्या हम मस्ती के लिए नहीं आये हैं?'

'मैं तुम्हारी मस्ती के खिलाफ नहीं हूँ। पर तुम्हारी ऐसी हरकतों ने जमीमा की जिंदगी ही ले ली थी,'

'अरे, मेरी बात सुनो! तब हम स्कूल में थे। मुझे याद है! पर इसके लिए मुझे दोष देने की जरूरत नहीं है। मेरी गलती नहीं थी। वह गलियारे से गिर गई थी,'

'वह गिर गई क्योंकि तुमने उसे परेशान किया था। तुम उसके पीछे दौड़े और उसे सताया। वह अपना संतुलन खो बैठी,'

'सुनो! अब तुम मुझे उसके लिए जिम्मेदार नहीं ठहरा सकते,'

'तुम इसे कभी स्वीकार नहीं करोगे!'

'मुझे दोष देना अपमानजनक है।' माइक ने जवाब दिया।

पांच साल पहले, माइक के प्रेम भरे प्रस्ताव को जेमिमा ने खारिज कर दिया था। इस अहंकार भरे प्रस्ताव को ठुकराए जाने से क्षुब्ध माइक ने बदले की योजना बनाई। महीनों तक, वह उसे परेशान करता रहा। वह जमीमा को कैंटीन में, प्लेफील्ड में, लाइब्रेरी में और स्कूल बस में प्रताड़ित करता रहा। उस दिन उसने जमीमा को गलियारे में घेर लिया।

'हमें बात करने की जरूरत है,' माइक ने जमीमा को बांह से पकड़ रखा था।

'मुझे बात करने का कोई कारण नहीं दिख रहा है,' जमीमा ने जवाब दिया।

'तुम मेरी अनदेखी नहीं कर सकतीं। कोई भी मुझे ना नहीं कहता है,' माइक ने अहंकार से चिल्लाते हुए कहा। वो काफी बुरा बर्ताव कर रहा था।

'माइक! मेरे माता-पिता के पास बहुत कम पैसे हैं। उन्होंने मुझे यहां पढ़ने के लिए भेजा है। अमीर लड़कों के हाथों बेवकूफ बनने के लिए नहीं।'

'मैं पैसे को कारण नहीं समझता। मुझे लगता है तुम जानबूझकर मेरा तिरस्कार करना चाहती हो।'

'होने दो। क्या फर्क पड़ता है? तुम इतने हताश क्यों हो? मैं तुम्हारे लिए आखिरी लड़की नहीं हूं,'

'लेकिन मैं तुम्हारा पहला राजकुमार हूं।'

'इस तरह की बातें मत करो। कृपया मुझे परेशानी में न डालें,'

'अब देखेंगे!' माइक ने जेमिमा के साथ दुर्व्यवहार किया और उसने जेमिमा को धक्का दे दिया। जमीमा इस व्यवहार से क्षुब्ध हो गयी और खड़े हो कर गलियारे की सीढ़ियों की तरफ भागने लगी। माइक भी उसके पीछे दौड़ा। शोर सुन कर शिक्षक भी अपनी क्लास से बाहर आ गए। आखिरकार गलियारे की सीढ़ियों तक पहुँच कर जमीमा संतुलन खो बैठी और लुढ़क कर नीचे आ गिरी। यह उसके लिए घातक साबित हुआ। उसके मुँह से हल्की चीख की आवाज ही निकल पायी।

༄

'माइक उस पर पत्थर मत फेंको! बियर की दो बोतलों का तुम पर कुछ ज्यादा ही असर हो गया है।' सैम ने उसे चेताया।

'तुम वहाँ क्यों नहीं बैठते?' माइक ने सामने चट्टान की ओर इशारा करके सैम को चट्टान पर बैठने का सुझाव दिया। यह चट्टान कटियाना के खुले हुए मांद के साथ लगती थी और कुछ ही फीट की ऊंचाई पर थी।

माइक ने कुछ तस्वीरें क्लिक कीं। सैम चट्टान से खड़े हो कर माइक के नजदीक आ कर तसवीरें देखने लगा। माइक और सैम तसवीरें देखने में व्यस्त थे और मांद से बाघिन की आवाज पर उन्होंने गौर नहीं किया। परन्तु जब बाघिन की आवाज बिलकुल उनके पीछे से आयी तो वो घबराकर पीछे देखने लगे। वो ये देखकर भयभीत हो गए कि साइबेरियाई बाघिन ने बांस की सहारे ही मांद से दीवार पर छलांग लगा ली थी। माइक द्वारा फेंकी गई मोटी बांस खंदक पर पड़ी थी। इसने बाघिन की कूदने में मदद की। 'चिंता मत करो। दीवार सुरक्षित है।', दीवार से लगा हुआ तख्त मांद में गिर गया। डर से उनके चेहरे फक पड़ गए।

बाघिन ने छलांग लगा कर सैम को नीचे गिरा दिया और उसके ऊपर खड़ी हो गयी। माइक भी अपना संतुलन खो बैठा और नीचे गिर गया। पर वो तुरंत खड़ा हुआ और हाथ में कैमरा ले कर वो बाहर की की तरफ भागने लगा। कटियाना ने सैम को अगले पंजे से बुरी तरह मारा। बाघिन ने सैम के फेफड़ों को कुचल दिया। वो बेसुध हो गया। कटियाना ने सैम की गले को जोर से हिलाया और उसे मार दिया। परन्तु माइक की गंध ने कटियाना को परेशान कर रखा था। बाघिन ने अपनी पूंछ को ऊपर

उठाया और सैम को सूँघने के लिए अपना सिर नीचे लाई। वह नहीं हिला।

'मेरी मदद करो! धिक्कार है तुम पर द्वार खोलो!' माइक जमकर चिल्लाया। हर कुछ सेकंड में वह बाघिन की ओर देखता था।

प्रवेश द्वार पर कोई नहीं था। कटियाना अब सवतंत्र और अपनी मांद से बाहर थी। वो कभी जंगल में सवतंत्र घूमती थी पर यहाँ बात अलग थी। माइक पीछे की ओर मुड़ा और उसने बाघिन को अपने सामने पाया। जानवर हमेशा आपको ढूंढ लेते हैं भले ही आपको लगे की वो आपको ढूंढ नहीं पाएंगे। हमारी खुशबू उनका मार्गदर्शन करती है।

माइक यकीन नहीं कर पा रहा था की उसके साथ ये सब हो रहा है। उसका जीवन बाघिन की दया पर था। वह वहीं खड़ी थी, ठीक उसके सामने। उसने बाघिन ओर नहीं देखा, परन्तु उसकी आँखों में नहीं देखा। माइक उसकी आभा महसूस कर सकता था भले ही वो उसकी ओर देखे या ना देखे।

'शू ... चले जाओ!' माइक ने उसे चुनौती देने के लिए अपना कैमरा उठा लिया। उसने कैमरा पट्टे से कस कर पकड़ रखा था। लेकिन, ताकत में कटियाना बेहतर थी। आखिरकार वो बाघिन थी! कटियाना ने एक कदम पीछे लिया और माइक पर थिरकने के लिए आगे छलांग लगाई। उसने माइक की गर्दन पर क्रूर प्रहार किया और उसे पटक दिया। माइक का एक हाथ जमीन पर था और उसका दूसरा हाथ रक्त प्रवाह को नियंत्रित करने के लिए गर्दन पर था। माइक के मुंह से न तो कोई आवाज निकली और न ही कोई शब्द। कटियाना उसके बगल में बैठ गयी, एक शिकारी की तरह। उसने धैर्य से माइक को देखा। पांच साल बीत चुके थे उस घटना को हुए। अब जमीमा की बारी थी। यह उसका दिन था, उस निर्दोष महिला का दिन।

4
बेगम

बेगम को रियासत से बाहर जाने की अनुमति नहीं थी, फिर भी शाम ढलने से पहले वह कुछ समय अपने माता पिता के घर बिता कर वापस बंगले में आ गयी थी। बंगले के भीतर भी उसे सीमित आजादी थी। वह बंगले में सिमट कर रह गई थी। सुंदर और चमकदार दुनिया दूर-दूर तक फैली हुई थी और वह उसे अपने बेडरूम की खिड़की से देखती थी। बगीचे के फूलों की खुशबू से भरी कोमल हवा ने कमरे को सुगंधिध कर दिया।

भारत के उत्तरी हिस्से में छोटी रियासत के मुखिया नवाब सिद्दीकी ने गरीब किसान की बेटी नगमा से शादी का प्रस्ताव रखा। नगमा अपने अब्बा के साथ पीलीभीत के घने जंगल की सीमा पर रहती थी। बाघ, तेंदुए, जंगली सूअर आदि कभी कभार उनके खेतों की तरफ आ जाते थे। परन्तु जंगली जानवरों ने उन्हें कभी हानि नहीं पहुंचाई। शायद उत्सुकतावश वे उन्हें देखने आ जाते थे। गोरी त्वचा के प्रति नवाब का झुकाव उनके खून में था। नवाब जंगल में अपना रास्ता खो चुका था। जब नगमा नवाब को पानी दे रही थी तभी नवाब ने उसे अपना बनाने का ठान लिया था। हालांकि, उन्होंने नगमा की चमकदार आँखें नहीं देखीं जो कि बेहद आकर्षक थीं।

नगमा के परिवार ने इसे अपना भाग्य समझा और शादी का यह प्रस्ताव उनके लिए सर्वशक्तिमान की कृपा जैसा लगा। निकाह के बाद, गरीब नगमा बेगम नगमा बन गई। नवाबी बंगला दस एकड़ के हरे-भरे

वातावरण में फैला हुआ था। औपनिवेशिक शैली के बंगले में बिलियड्र्स रूम, हॉल, पोलो ग्राउंड और निजी उद्यान था। नगमा ने ऐसे जीवन के बारे में सोचा तक ना था। हालांकि, कुछ वर्षों के बाद, सूजी हुई आंख और उभरे हुए चेहरे के कारण उसे ऐसे जीवन पर विश्वास नहीं था।

'मैंने तुम्हे खिड़की के पीछे ही रहने को कहा था,' नवाब ने जोर का थप्पड़ नगमा के चेहरे पर जड़ दिया। इसी हाथ ने नगमा को शादी में हीरों से जड़ी अंगूठी पहनाई थी।

'मुझे घंटों कमरे में बैठे रहना पसंद नहीं है!' नगमा की आँखों में आंसू थे।

'क्या तुमने अंग्रेज अफसर के गंदे विचार उसकी आँखों में नहीं देखे? मैंने देखे थे! मैं चाहता था कि वो नर्तकियों को देखे न कि मेरी बेगम को। ऐसा दोबारा नहीं होना चाहिए।' नवाब ने नगमा को चेतावनी दी। नवाब के चले जाने के बाद वह बहुत रोई।

कुछ देर बाद बड़ी आपा सलमा ने प्यार से बेगम के माथे पर हाथ फेरा।

'बेगम नगमा! शरबत पीएंगी आप,'

'नवाब साहब कहाँ हैं?'

'वह शिकार से वापस नहीं आया है,'

'मुझे तौलिया दो। मुझे अपना चेहरा साफ़ करने की ज़रूरत है,'

'ठीक होने में समय लगेगा!'

'हाँ, बहुत समय!' बेगम ने आह भरी।

'तुम्हारे जैसी लड़की के कई प्रशंसक हो सकते हैं। उसका यह विचार उसे ईर्ष्यालु बना देता है।'

'जी आपा! वो मेरे चेहरे पर दिख रहा है।' नगमा ने अपनी सूजी हुई भौंवों पर देशी दवाई लगाई। उसने दर्पण में अपनी छवि को गहनता से देखा।

कुछ मौकों पर नवाब एक भावुक प्रेमी की तरह व्यवहार करता था। वह उसे प्यार से छूता था और देखभाल करता था। बाद में वह आक्रामक प्रेमी में बदल जाता था। नवाब बेगम को लात मारता था और बालों से घसीटता था। 'दया करो!' वह भीख मांगती। नवाब उसके अनुरोध की

परवाह नहीं करता था।

༄

नवाब जानवरों के प्रति भी उतना ही क्रूर था। उसे गेम हंट पसंद था, खासकर बाघों का। महल की दीवारों पर बाघ की खाल को प्रदर्शित करने के प्रति उसका खास आकर्षण था। बेगम को शिकार के लिए साथ ले जाने में नवाब की कोई दिलचस्पी नहीं रही। अगर कभी शिकार के लिए साथ ले भी गया तो उसने बेगम को मचान में पत्तियों से ढक कर रखा। नवाब ने यह सुनिश्चित किया कि कोई भी उसकी खूबसूरत बेगम को न देख सके।

'क्या मैं शिकार के लिए साथ आ सकती हूँ?' बेगम ने सवाल किया।

'अजीब लगता है तुम्हारा पूछना! निशान अभी भी आपके चेहरे पर दिखाई देता है। ओह! मैंने तुम्हारे साथ ये क्या किया है?' नवाब ने भावुक हो कर कहा।

'इसे कोई नहीं देख पाएगा। मैं खुद को ढँक लूंगी!' बेगम ने करीब आ कर नवाब को चूमा।

'तुम्हें मेरा व्यवहार कितना अजीब लगता होगा ना!' नवाब ने अपनी बेगम की आँखों में देखा। उसने भी बेगम को चूमा।

'मुझे परवाह नहीं है!' बेगम ने धीरे से नवाब की गर्दन को छुआ।

'साथ चलो! तुम्हें व्यवहार को काबू में रखना चाहिए! तुम्हें सावधान रहने की जरूरत है!' नवाब ने उसे शिक्षित किया।

'सिर्फ मुझे!' बेगम मुस्कुरा दी।

༄

हाथी पर बैठ कर बेगम ने घने जंगल का आनंद लिया, जिसमें वे लंबे समय तक रहती थीं। रात की बारिश के कारण यह घना और गीला था। ऐसा लग रहा था मानो सारा जंगल गहन चिंतन में था। मौसम में उमस थी। बेगम बाघों या सांपों से नहीं बल्कि नवाब से डरती थी। हालांकि, ताजा हवा ने उसे ऊर्जावान कर दिया था।

महावत ने उन्हें मचान पर एक सुरक्षित स्थान लेने में मदद की। फिर महावत ने मचान के पास चारा बाँध दिया और नवाब के लिए स्पष्ट निशाने के लिए उसके पास एक लालटेन को जला दिया। अंधेरा होते ही महावत और हाथी सुरक्षा के लिए तेजी से ओझल हो गए।

अंधेरा होने पर बाघों को शिकार करना पसंद है। उनके पास दूर से सुनने की शक्ति है और वे रात में बेहतर देख सकते हैं। बेगम और नवाब जंगल में अकेले रह गए थे। घंटों चुपचाप बैठे बीत गए। नवाब ने रिग्बी राइफल को घुटनों पर रख लिया। राइफल की बट ने बेगम के घुटनों को छू लिया।

'क्या मैं एक शॉट ले सकती हूँ?' बेगम ने फुस फुसा करनवाब से पूछा।

'श ... चुप रहो! मैं बाघ को सूंघ सकता हूँ! वह यहाँ है!' नवाब ने उसे चेतावनी दी।

'मैं इसमें कोई गड़बड़ नहीं करूंगी। मेरा वादा है तुमसे! अगर मैं चूक गयी तो भी आपको और मौका मिल जाएगा।' बेगम जिद पर अड़ी रही। नवाब ने ने उसके जिद्दी रूप को हैरानी से देखा। उसे लगा कि बेगम ने बगावत कर दी है और मानेगी नहीं। वह उसे खतरे में डाल सकती थी।

'ठीक है, इसे पकड़ो! नोजल को बाघ पर रखो और फायर कर दो। बाकी काम गोली कर लेगी।' नवाब ने लालटेन की रोशनी में बाघ की तरफ राइफल को केंद्रित किया। नवाब बेगम के पीछे आ गया और बेगम की लंबी पीठ नवाब के दुबले कंधों को छू गई।

'निश्चित रूप से, यह शॉट दुख को समाप्त कर देगा।' बेगम बड़बड़ाई। राइफल उसके हाथ में थी। वह नवाब को गोली मार सकती थी। लेकिन, वह संदेह में थी। इसलिए, उसने बाघ का चयन किया। बैंग! गोली राइफल से निकल कर बाघ को छूए बगैर निकल गयी। शोर ने बाघ को चिंतित कर दिया, और उसने गुस्से में मचान की तरफ देखा। रिग्बी राइफलें अलग हैं। गोली चलने पर राइफल का बट पीछे की तरफ जोर से जाता है। राइफल के बट ने नवाब की दुबली छाती पर वार किया। वह संतुलन खो बैठा और नीचे गिर गया। बेगम ने मचान से देखा की नवाब पीड़ा में था। बाघ ने नवाब की पीड़ा, या शायद बेगम की पीड़ा का अंत

कर दिया।

5
कॉर्बेट डायरीज़

गेट पर औपचारिकताओं को मंजूरी दे दी गई, और कैंटर धीमी गति से जंगल की और चल पड़ा। छोटी नदियों और चट्टानों को पार करते हुए घना जंगल सुरक्षित लग रहा था।

'आपको बाघ के बारे में चिंता करने की ज़रूरत नहीं है। एकमात्र जानवर जो हमें परेशान कर सकता है वह या तो मस्त हाथी हो सकता है या शिशु के साथ मादा हथनी।' रहिम, कॉर्बेट वन रक्षक ने कॉलेज के छात्रों को समझाते हुए कहा। 'हालांकि, यदि आप भारतीय जंगल में पैदल घूम रहे हैं, तो आपको सुस्त भालू भी परेशान कर सकता है। उसकी देखने और सुनने की क्षमता बहुत खराब है। अगर वो हमला करते हैं तो चेहरे को काफी नुकसान पहुंचा सकते हैं।'

'जंगली सुकर भी काफी खतरनाक है। अगर वो लड़ाई में कूद पड़े और आरपार की ठान ले, तो बाघ को भी मुश्किल हो सकती है।' प्रोफेसर रोहन ने भी अपने विचार रखे। दिल्ली विश्वविद्यालय के प्रोफेसर कॉलेज के छात्रों के साथ वन्यजीव यात्रा के लिए आए थे।

'हाँ, वास्तव में, जंगली सुकर शातिर जानवर है। यदि यह चार्ज करने का फैसला करता है, तो कोई भी इसके रोष से बच नहीं सकता है; और बाघ भी नहीं।'

'तेंदुओं के बारे में कुछ बताएँगे रहीम जी।' गजाला, जूलॉजी की छात्रा ने सवाल किया।

'तेंदुआ बाघों और इंसानों से डरता है। यहां तक कि अगर वो एक आदमखोर में बदल जाता है, तो भी मानव जाति के लिए अपने डर को कभी नहीं मिटा पाता है। पनार आदमखोर ने दो सौ मनुष्यों को मार डाला। लेकिन, यह हमेशा मानव जाति से भयभीत रहा। वे केवल रात में शिकार करते हैं।' रहीम ने उत्तर दिया। 'जबकि कोई बाघ जब आदमखोर में बदल जाता है, तो वह मानव जाति के प्रति अपना सारा डर खो देता है। वह मनुष्यों के लिए कोई सम्मान नहीं दिखाता है और किसी भी समय शिकार करता है।'

'हम्म ... आप जंगल को अच्छी तरह से जानते हैं, सर।' गजाला ने सर हिलाते हुए कहा।

'मैंने अपना जीवन यहीं बिताया है!' रहीम ने मुस्कुरा के जवाब दिया।

तकरीबन बीस मिनट बाद वे सभी लंगूर की घबराई आवाज सुन कर चौंक गए। 'जंगल के चौकीदार ने किसी मांसाहारी को चलते देखा होगा। यह जंगल के अन्य जीवों के लिए चेतावनी है। लंगूर कभी गलत प्रतिक्रिया नहीं देते।'

"कौन है यह 'पहरेदार', रहिम?" ओबेरॉय ने सवाल किया।

"आप उनके लिए 'सर' या 'मिस्टर' इस्तेमाल कर सकते थे। वह बहुत सीनियर हैं," समीरा ने सुझाव दिया। वह नाराज लग रही थी।

"कोई बात नहीं, मिस ! यह चौकीदार लंगूर है और वह शीर्ष शाखा पर बैठता है। हमने सिर्फ चौकीदार की 'खार ... खार' सुनी। वह अपने कबीले और जंगल पर नज़र रखता है। मृग हमेशा चेतावनी के संकेत पर विश्वास करता है! हिरण भी दूसरों को चेतावनी संकेत देता है!" रहीम ने जवाब दिया।

कैंटर धीरे-धीरे उस पेड़ की तह तक पहुंच गया, जहां से 'चौकीदार' ने अलार्म कॉल दिया था। चालक ने डीजल इंजन को थोड़ा आराम दिया।

'यह क्या हो सकता है, रहिम सर, बाघ या तेंदुआ?' गजाला ने सवाल किया।

'यह कुछ भी हो सकता है। एक तेंदुआ या एक बाघ! जो भी हो, दिन का यह समय शिकार करने का नहीं है, बल्कि थोड़ा आराम करने का है।

यह असामान्य है। वे इस समय शिकार पर नहीं चलते।'

'हो सकता है, पानी की प्यास इसका कारण हो।' प्रोफेसर रोहन ने सुझाव दिया।

'हम्म ... हो सकता है, यह पानी की प्यास हो!'

'संकेत के बाद जंगल निश्चित रूप से शांत हो गया है! यह शांति अजीब है।' समीरा ने धीमी आवाज़ में कहा।

'कैंटर भी शांत हो गया है!' बसरा ने टिप्पणी की।

'यह बेवक़ूफ़ मेरी नसों पर हावी हो रहा है!' समीरा ने गज़ाला के कान में फुसफुसाया।

'श्श्श ...। चुप रहो! कानाफूसी मत करो करो। आप कुछ देख भी सकते हैं!' रहीम ने सुझाव दिया।

'शांत रहो स्टूडेंट्स!' प्रोफेसर रोहन ने चेतावनी दी।

'हम निहत्थे हैं, और यह एक खुला कैंटर है! आपने ड्राइवर को चाबी हटाने की अनुमति क्यों दी?' बसरा ने रहिम से सवाल किया।

"बसरा! तुम्हें 'सर' या 'मिस्टर' का इस्तेमाल करना चाहिए था!" ओबेरॉय दुष्टता से मुस्कुराया और उसने समीरा की तरफ देखा। हालांकि, समीरा ने उसे नजरअंदाज कर दिया।

'दहशत अनावश्यक है। क्या आपने नहीं सुना कि रहीम ने क्या कहा? उन्होंने कहा कि कोई भी बाघ या तेंदुआ हमें नुकसान नहीं पहुंचाएगा ...' प्रोफेसर रोहन ने शब्दों में बताया।

'जब तक वो पक्का आदमखोर न हो। हमने इसे सुना, सर।' ओबेरॉय ने प्रोफेसर रोहन को बाधित किया।

'आपको इसकी चिंता करने की जरूरत नहीं है। कॉर्बेट पार्क में बाघ या तेंदुआ कभी भी जीप पर नहीं कूदता।' रहीम ने मामला शांत करने की कोशिश की।

हिरन शांत हो गए और पक्षियों की हलचल भी कम हो गयी।

'शायद बाघ या तेंदुए ने अपने क्षेत्र में घुसपैठियों की सराहना नहीं की! चलिए बिजरानी में दोपहर के भोजन के लिए ब्रेक लें।'

'शायद बाघ को अपने दुश्मन इंसान में दिलचस्पी नहीं थी!' बसरा ने मखौल भरी आवाज में कहा।

'क्या आप खुद को इंसान मानते हैं?' समीरा ने टिप्पणी की।

'क्या आप इस कैंटर को किसी जानवर के साथ साझा करने पर विचार करेंगे?' ओबेरॉय ने जवाब दिया।

'शांत हो जाओ दोस्तों! आप स्कूली बच्चों की तरह व्यवहार न करें।' प्रोफेसर रोहन ने ओबेरॉय और समीरा को संकेत दिया।

कैंटर बिना किसी और उत्साह के बिजरानी पहुँच गया। दोपहर का भोजन लिया गया, और समूह शाम को रिसॉर्ट में लौट आया।

कैंटर अगली सुबह वन गेट पर पहुंच गया। प्रोफेसर रोहन ने समूह को कुछ सुझाव दिए। छात्र फॉर्म पर हस्ताक्षर करने के लिए नीचे उतरे। गजाला ने करण को देख कर हाथ लहराया और वह उससे मिलने उसके पास पहुँची। करण ने हल्की सी मुस्कान के साथ गजाला की तरफ देखा।

'हाय करण! तो तुम भी बाघ को देखने पहुँच ही गए!'

'हाँ, कॉर्बेट में और है ही क्या?'

'शायद अच्छी सी दिखने वाली लड़की भी हो सकती है!' गजाला ने शरारत भरे अंदाज में चुटकी ली।

'अच्छी दिखने वाली लड़की को देखने के लिए कोई भी सैकड़ों मील जंगल में नहीं जाता है। शहर में बहुत हैं!'

'ओह! मुझे नहीं पता था!' गज़ाला ने आँखें घुमाते हुए कहा।

'मैं आपके पीछे वाली जीप पर बैठूंगा।' करण ने जवाब दिया। 'तुमने अंगूठी निकाल दी? यह एक उपहार था!'

'हाँ!'

'क्यों?'

'मैंने तुमसे कहा था, करण। मैंने अभी तक सेटल होने के बारे में नहीं सोचा है! '

'लेकिन, मैंने इसके बारे में... हमने इसके बारे में बात की थी!'

'तुमको इंतज़ार करना होगा!'

"क्या तुम कम से कम मुझे 'हां' कह सकती हो?"

'मैं कुछ नहीं कह सकती! सब मेरा इंतजार कर रहे हैं।' समीरा ने गज़ाला को इशारा किया। 'समीरा बुला रही है! मुझे जाना है।'

'कौन समीरा?'

'मेरे से जूनियर है पर यहाँ मेरे साथ कमरा शेयर कर रही है। वह प्रोफेसर आदित्य की बेटी है। वह सवाल पूछ सकती है। हम इसके बारे में बात करेंगे, करण, जब हम मिलेंगे। मुझे जाना है!'

☙

'कृपया ध्यान दें कि आज हम घने जंगल में जा रहे हैं। हम ढिकाला में प्रवेश कर रहे हैं। यह याद रखें! दहशत अनावश्यक होगी!' प्रोफेसर रोहन ने सुझाव दिया।

'लेकिन, हम सब क्यों घबराएँगे, सर?' समीरा ने पूछा।

'मैंने यह नहीं कहा कि तुम सब घबराओगे। मैंने कहा इसकी आवश्यकता नहीं है। ढिकाला में बाघों की संख्या सबसे अधिक है। नीचे उतरने की कोशिश मत करना। कृपया याद रखें कि बाघ जंगली जानवर है। कॉर्बेट टाइगर सर्कस टाइगर नहीं है,' प्रोफेसर ने सचेत किया,'इसे अनुशासित नहीं किया गया है, लेकिन जैसा कि रहीम जी ने कहा कि कोई भी बाघ या तेंदुआ हमें तब तक नुकसान नहीं पहुंचाएगा जब तक कि वह आदमखोर नहीं है।'

'और कॉर्बेट में आदमखोर नहीं है। हम इसे जानते हैं, सर!' बसरा ने खीजते हुए टिप्पणी की। प्रोफेसर रोहन ने उसकी अवहेलना की।

'हमें बहुत शांत और चुप रहने की जरूरत है। बाघ हमें बारीकी से निरीक्षण करने का फैसला कर सकता है। यह कैंटर के पास आ सकता है!' रहीम ने कहा।

'क्या वह कैंटर पर कूद जाएगा?' समीरा ने घबरा कर पूछा।

'नहीं, आपको पाने के लिए कैंटर पर नहीं कूदेगा।' रहीम ने हँसते हुए कहा।

'शांत रहो समीरा!' प्रोफेसर रोहन सुझाव दिया।

'प्रोफेसर साहब, आपने बच्चों को चौंका दिया है।'

'हां मैं समझ सकता हूं।' प्रोफेसर रोहन ने आँख मचका कर जवाब दिया।

'मेरे पास लकड़ी की छड़ी है। यह बाघ को डरा देगी!' रहिम ने छड़ी की तरफ इशारा किया।

'मुझे लाठी से नफरत है! जब मैं बच्चा था तो मैंने खूब खाई हैं।' बसरा ने टिप्पणी की।

'तुम अभी बच्चे हो और तुम्हें अभी भी इसकी जरूरत है।' समीरा ने बसरा का मजाक उड़ाया। बसरा ने समीरा को गुस्से से देखा।

किसने सोचा होगा कि उस दिन उत्साही समूह लगभग किसी को खो ही देता! करण को बाघ की बहुत कम परवाह थी। उसने तो सारा ध्यान गजाला की तरफ केंद्रित किया हुआ था। हालांकि, गजाला वन्यजीवों को लेकर उत्साहित थी। कुछ ही देर बाद उन लोगों नई भयानक आवाज सुनी। आहूं! आहूं! यह कानों को चीरता हुआ बाघ का आक्रोश था। वह गुस्से में लग रहा था। शायद, बाघ अपने क्षेत्र में घुसपैठियों को पसंद नहीं नहीं कर रहा था। चित्तीदार हिरन और लंगूर ने कोई चेतावनी जारी नहीं की। जंगल खामोश था। यहाँ तक कि पक्षी भी नहीं चहक रहे थे।

'गर्जन भयानक था!' रहीम ने धीमे से कहा।

'हम्म ... ऐसा लगता है कि वह गुस्से में है!' प्रोफेसर रोहन ने भी धीमी आवाज़ में जवाब दिया।

'अरे ... वहाँ देखो! लंबी घास के पीछे एक बाघ है!' गजाला ने समीरा को कोहनी से छू कर इशारा किया।

'हाँ, यह उस बाघ की पुकार थी। मैं देख सकता हूँ!' बसरा ने एक ऊँचे सवर में कहा।

'श ... शांत रहो। मैंने आपको शांत रहने के लिए कहा था, बसरा।' प्रोफेसर रोहन ने चेतावनी दी।

'यह बाघिन है! उसका छोटा सा गोल चेहरा है। धारियां हल्के रंग की हैं।' रहीम ने कहा।

'ओह!' प्रोफेसर रोहन ने सिर हिला कर जवाब दिया।

'हमें देखकर, उसने बाघ को चेतावनी भेजी है। याद रखें, यह रोमांस का मौसम है। वह बगल में तगड़े साथी को चाहती है।' रहीम ने सफाई

दी। 'अगर बाघिन यहां है तो बाघ पास में होना चाहिए। अपने कैमरे तैयार रखो!'

बाघिन ने लंबी घास को पार किया और कैंटर के सामने छोटी सी पानी की धारा के किनारे तक पहुंच गई। धारा में कुछ पत्थर थे। बाघिन अपने कुल्हे पर बैठ गयी I वो भी उन लोगों से कुछ दूरी पर। बाघिन नियमित अंतराल पर बाघ को चेतावनी देने लगती है। बीच में, उत्सुक दर्शकों को देखने के लिए बाघिन ने अपनी गर्दन घुमाई। वे वीडियो बनाने में व्यस्त थे। कैंटर के नीचे की धरती हर बार बाघिन की दहाड़ से हिल जाती थी।

'वह निश्चित रूप से बहुत गुस्से में लग रही है।' ओबेरॉय ने टिप्पणी की।

'वह कैंटर पर कूद सकती है। मुझे गलत संकेत मिल रहे हैं।' जाहिद ने घबरा कर पूछा।

'तुमने दहाड़ को गंभीरता से लिया है,' ओबेरॉय ने जवाब दिया।

'क्या तुमने ध्यान नहीं दिया कि हमें क्रूरता से देख रही थी?' जाहिद फुसफुसाया।

बसरा ने गजाला को देखते हुए कहा, "मैं सोच रहा हूं ... उम्म ... अपनी 'बाघिन' के बारे में।" बसरा गजाला के चेहरे पर घृणा के भाव देख सकता था।

"क्या तुम पूरी तरह बेवकूफ हो? 'बाघिन' के पास पहले से ही एक 'बाघ' है। मुझे उम्मीद है कि तुमने करण पर ध्यान दिया होगा!" ओबेरॉय ने टिप्पणी की।

'बसरा, क्या तुम ...' अजय बसरा से भिड़ना चाहता था।

'क्या तुम सब चुप रहोगे?' प्रोफेसर रोहन ने उन्हें चेतावनी दी

मौन गहन था, और हर कोई शांत हो गया। जंगल असामान्य रूप से शांत था। किसी अन्य जानवर या पक्षी ने दृश्य या ध्वनि से बाघिन की उपस्थिति का संकेत नहीं दिया। करण की तरफ देखने के लिए गजाला ने उसकी तरफ देखा। वह उसे देखकर मुस्कुराई। करण वापस मुस्कुराया।

उसी समय भूतिया खामोशी एक और तेज गर्जना से भंग हो गयी। बाघिन की तुलना में गर्जना कठोर थी। आहूं! आहूं! उन सबने यह गर्जना सुनी। बाघिन ने भी ये भयंकर आवाज सुनी। इसका उत्तर बाघिन ने जोरदार आउघ से दिया जो खुशियों से भरा था। बाघिन ने अपना स्थान बदल दिया और पैरों पर खड़ी हो गई। बाघिन की पूंछ बाघ के लिए पेंडुलम की तरह उत्तेजित हो गई।

'आप सभी भाग्यशाली हैं कि आप लोगों ने दो बाघ देखे।' रहीम ने आँखें चौड़ी करते हुए कहा।

बाघिन धारा से बाहर आई और रास्ते के बीच में खड़ी हो गई। बाघिन अपने वैभव को दिखाने के लिए खड़ी हुई। यह साधारण बाघिन थी और भोजन के लिए किसी मानव की तलाश में नहीं थी। हर कोई रोमांचित दिख रहा था और वे सतर्क थे। वे सभी बाघ के लिए बेसब्री से इंतजार कर रहे थे। बाघिन भी चिंतित थी। उसी समय बसरा ने मूर्खतापूर्ण व्यवहार किया। कोई नहीं जान सकता था कि उसने ऐसा क्यों किया। यह अर्थहीन और अवांछित था! क्या यह ग़ज़ाला को प्रभावित करने के लिए किया गया था? यह रहस्य ही बना रहेगा।

जब एक सामान्य बाघ आदमखोर में बदल जाता है तो वो आश्चर्यनक रूप से डरपोक हो जाता है। वो घात लगा कर या पीछा करके शिकार पर हमला करता है। लेकिन, यह बाघिन कोई आदमखोर नहीं थी। वो भाग जाने वाली नहीं थी परन्तु वो बाघ के साथ खतरे का डट कर सामना करेगी। उसे मालूम था कि मनुष्य बाघों से डरते हैं। बाघ संभोग के मूड में था और संभोग के मौसम में बाघ बहुत खतरनाक और कम क्षमाशील होते हैं।

'मे डे! मे डे!' बसरा हाथ उठा कर चिल्लाने लगा। वो धीरे से पैर को नीचे ला कर उतरने लगा। डर और घबराहट के पसीने ने दूसरों को भयभीत कर दिया। उसकी बचकानी हरकत सब को खतरे में डाल सकती थी। यह विचित्र था।

'बैठ जाओ! तुम क्यों लंगूर की तरह उछलकूद कर रहे हो? इस बाघिन को सर्कस के लिए प्रशिक्षित नहीं किया गया है!' रहीम की आवाज धीमी थी। उसने बसरा को शांत रहने का संकेत भी दिया। वह

जानता था कि बसरा के लिए नीचे उतरना बहुत ही मूर्खतापूर्ण और खतरनाक हो सकता है।

'यह हमारी आखिरी सफारी हो सकती है!' ओबेरॉय ने कड़े दांतों के साथ टिप्पणी की।

'मैं सिर्फ यह देख रहा हूँ की बाघ कितनी देर छुपा रहेगा।'

'ओह! क्या आपको वास्तव में लगता है कि आप अपनी आवाज़ के शीर्ष पर चिल्लाकर उसे भगा सकते हैं? वह किसी असहाय महिला की तरह नहीं है जिसे आप परेशान कर सकते हैं।' ग़ज़ाला गुस्से से दांत भीचते हुए बसरा पर भड़कने लगी।

'ग़ज़ला सही बोल रही है! तुम बाघिन को परेशान मत करो!' प्रोफेसर रोहन ने सहमती में सर हिला कर कहा।

रहीम ने सहमत होते हुए सर हिलाया।

'तुम बेवकूफ हो बसरा!' समीरा फुसफुसाई। 'यह बेवकूफ हम सभी को खतरे में डाल देगा!'

बाघिन ने भयंकर आँखों से उन सभी को देखने के लिए अपनी गर्दन घुमाई। उसकी आँखें बसरा से मिलीं। बाघिन और अन्य लोगों के लिए तनाव बहुत अधिक था। वह कभी भी चार्ज कर सकती थी।

'तुम क्या सोचते हो, रहिम? क्या वह हम पर हमला करेगी?' प्रोफेसर रोहन ने घबराकर पूछा। उन्होंने अपना सर नीचे रखा पर उनकी नजरें बाघिन की ओर थीं।

'हम पर तो नहीं पर बसरा उसके निशाने पर हो सकता है। उसने बाघिन को परेशान कर दिया है! वह हिम्मत जुटाने की कोशिश कर रही है।' रहीम ने जवाब दिया।

'उसने पर्याप्त संयम दिखाया है। वह सिर्फ बाघ का इंतजार कर रही है!' प्रोफेसर रोहन ने अपने दांत कस लिए।

'बसरा ने हमारे लिए हालात बदतर कर दिए, सर!' ग़ज़ाला ने धीमी आवाज़ में कहा।

'हम्म ... हमें यहाँ बुद्धिहीन नहीं लाना चाहिए था!' प्रोफेसर रोहन ने जवाब दिया। हालांकि, बाघिन ना तो चार्ज कर रही थी और ना ही पीछे हट रही थी। यह तंत्रिकाओं के खेल में बदल गया।

बसरा लंबे समय तक अपनी अलग स्थिति में नहीं रह सका। उसका पैर लोहे की छोटी पट्टी पर टिका हुआ था। सुबह की ओस के कारण यह नम था। दाईं ओर से जबरदस्त गर्जना हुई और विशाल बाघ पहाड़ी से उतर कर उनकी तरफ आने लगा। ऐसा प्रतीत हुआ कि बाघ ने उन्हें गर्जना से जड़ित कर दिया। उन सभी ने बाघ की तरफ देखा।

बाघ को देखते ही बसरा घबरा गया। बसरा के पैरों में खिंचाव ज्यादा था। उसने वापस घुसने की कोशिश की। हालांकि, गीली रॉड पर उसका पैर फिसल गया और वह गिर गया। बाघिन ने उसे देख लिया। बसरा पूरी तरह से बाघिन की दया पर था। यह देखकर, रहिम ने बाघिन को डराने के लिए फेफड़े से आवाज भर कर निकाली। बाघिन ने अपना आगे का पंजा उठा लिया और भ्रमित चार्ज लगाया। फिर उसने अपने चार्ज की जाँच की और गर्जना की। शायद, मानव जाति के प्रति डर ने चार्ज को थाम लिया। भय ने इसमें देरी की। बाघिन ने प्रत्येक गर्जना के साथ साहस जुटाने की कोशिश की।

'किसी को उसे खींच लेना चाहिए!' अपनी सफारी से करण चिल्लाया। लेकिन, गर्जना करने वाली बाघिन का प्रभाव ऐसा था कि इसने सभी के साहस को समाप्त कर दिया था। कोई जरा भर भी नहीं हिला। समीरा ने अविश्वास से अपने हाथों से अपनी आँखों को ढँक लिया। गज़ाला सुन्न हो हो चुकी थी। ओबेरॉय को कुछ नहीं सूझ रहा था। बसरा सिर्फ बाघिन की दया पर था।

'ओह! अरे नहीं!' जाहिद कांपते हुए चिल्लाया।

'ये डरावना है!' प्रोफेसर रोहन ने अपना सिर झुका लिया। बाघ ने खतरे को भांप लिया और विनाशकारी साबित हो सकता था।

बाघ ने पहाड़ी से घटनाओं को देखा था। उसे बाघिन के लिए खतरा महसूस हुआ। संकट को भांप बाघ ने बाघिन की ओर दौड़ लगा दी। बसरा से महज कुछ दूरी पर ही बाघिन थी। बसरा को खतरे में देख अजय चीख पड़ा। उग्र बाघों द्वारा उस पर हमला हो सकता था। बसरा ने मदद के लिए आवाज लगाई। उन्होंने निर्णायक क्षण में उसे धोखा दिया था।

लेकिन, यह उसकी किस्मत थी जिसने उसे धोखा दिया था। बसरा ने अजय की तरफ देखने के लिए अपना सिर घुमाया। उनकी आँखें मिली। बसरा की आंखों से आंसू बह निकले।

'मूर्ख मत बनो!' रहीम ने निवेदन किया। उसने हाथ से अजय को पकड़ लिया।

'वह मेरे भाई जैसा है!' अजय ने जवाब दिया।

'बाघों को यह पता नहीं है। वे तुम्हें भी मार देंगे।' रहीम ने कहा।

'अजय!' प्रोफेसर रोहन ने कहा, 'थमे रहो। बेवकूफ की तरह व्यवहार मत करो!'

आऊं!आऊं! बाघ जोर से दहाड़ा। बाघ अलग दिशा से आया था। पहाड़ी से उतरने के बाद बाघ करण और अन्य लोगों की तरफ लपका। फिर बाघ बसरा की तरफ चार्ज किया। रोष से क्रोधित बाघ!

'नीचे घुस जाओ, बसरा! शीघ्र!' रहीम ने बसरा को संकेत दिया। उन्होंने अपने जंगल के अनुभव का उपयोग किया।

किसी तरह, बसरा ने अपनी इंद्रियों को इकट्ठा किया और हल्की गति से नीचे छलांग लगा दी। बसरा बीच की तरफ था और बाघ ने उसकी तरफ रेंगने की भी कोशिश की। हालाँकि, बड़े पैमाने पर होने के नाते, यह नहीं हो सका। बाघ ने अपने सामने के पंजे को फैलाया और बसरा को अपने पंजे में बांधकर उसे खींचने की कोशिश की। बसरा जोर से चिल्लाया। उसकी भयावह आवाज ने सभी को भयभीत कर दिया, लेकिन वे कुछ नहीं कर सके।

'बाघ ने उसको लपेट लिया क्या!' ओबेरॉय चिल्लाया।

'नहीं!' समीरा डर के मारे चिल्ला पड़ी।

वे सभी बाघ का इंतजार करने लगे। बाघ के नाखूनों ने धूल के थपेड़ों के बीच बसरा की जांघ को चपेट में ले लिया था। बाघिन के चेहरे पर ख़ुशी दिखाई दी क्योंकि बाघ ने अपने दुश्मन पर वार करने की कोशिश की। क्या इंसान ने उसकी गर्लफ्रेंड को परेशान करने की कोशिश नहीं की थी? समय बीतता गया। जंगल में सन्नाटा छा गया था। इसे महसूस किया जा सकता था। बाघ चुप था। हालाँकि, वे सभी बसरा की सरसराहट सुन सकते थे।

'बाघिन आगे नहीं बढ़ी है। वह हमें घूर रही है, रहिम। क्या अब बाघिन भी बसरा को निशाना बनाएगी?' प्रोफेसर रोहन ने धीमे से पूछा।

'मैं कैसे बताऊं सर? मैं आपके जैसा ही अनजान हूँ,' रहीम ने जवाब दिया।

'आप किस का इंतजार कर रहे हैं? आप चलते क्यों नहीं?' जाहिद ने झल्लाते हुए रहीम से कहा।

'तुम यह कैसे बोल सकते हो? बसरा नीचे है और अपने जीवन के लिए लड़ रहा है। मैं तुम्हारी कायरता से तंग आ चुका हूं जाहिद।' अजय ने जोरदार आवाज में जाहिद को लताड़ा।

'जब तक हम टिके हैं तब तक आपका दोस्त सुरक्षित है।' रहीम ने सुझाव दिया।

कुछ समय बाद खामोशी को बाघ की दहाड़ ने तोड़ दिया। बाघ ने दूसरी दिशा से चार्ज के लिए बसरा को घेर लिया। बसरा कोई शिकारी नहीं था। वह विश्वविद्यालय का छात्र था और वो निहत्था था।

'शू! शू! शू!' करण हताशा में चिल्लाया। बाघ और बाघिन करण की तरफ देखने लगे। उसे जोरदार झटका लगा। बाघ और बाघिन की गुस्से से भरी आँखों ने करण की हथेलियों पर पसीना ला दिया। आऊं! आऊं! बाघों ने बसरा में अपनी सारी रुचि खो दी और वे अब उस घृणित मानव पर ध्यान केंद्रित करेंगे, जिसने उनके भोजन में खलल डाला था।

बाघ ने कुछ कदम उठाए। करण घबरा कर बैठ गया। लेकिन, बाघ ने अपने विशाल सिर के साथ बाघिन का चेहरा छू लिया। सबकी नजरें बाघ और बाघिन पर टिकी थीं। बसरा कुछ नहीं देख सकता था। उनकी दहाड़ भयानक थी। इंसानों ने उनके प्यार के क्षणों को बर्बाद कर दिया था। शायद, बाघ बाघिन को साबित करना चाहता था कि वह 'जंगल का राजा' है और कोई भी उससे मेल नहीं खा सकता है। बाघ और बाघिन पहाड़ी की ओर चले गए।

जब सुलगते आक्रोश का शोर थम गया, तो रोहन ने बसरा से पूछा कि क्या वह ठीक है। उसने टूटे शब्दों में उत्तर दिया।

'मैं आहत हूं। त्वचा... .. बाहर आ गई है।'

रहीम ने कहा, 'चिंता न करें, मैं उसे देखता हूँ।'

उसने सावधानी से कदम रखा जबकि प्रोफेसर ने चारों ओर नजर घुमाई। समीरा डर से काँप रही थी और गजाला को लकवा लग गया था। बसरा को बाहर निकाला गया। वह जीवित था, लेकिन जांघ, पैर और बाहों पर घाव थे।

'समय फिसल रहा है। जहर फैल जाएगा। हमें उपचार के लिए उसे भेजने की जरूरत है,' रहिम ने धीमी आवाज में सुझाव दिया। ओबेरॉय ने कपड़े को बाहर निकाला और उसके घाव को बांध दिया।

'नौजवान भाग्यशाली है!' रहीम ने टिप्पणी की। 'बाघ को भूख नहीं लग रही थी। उसने सिर्फ घुसपैठिये की प्रशंसा नहीं की। वह बहुत गुस्से में था...' रहिम की जुबान लड़खड़ा गई। बाघ और बाघिन ने दहाड़ कर झाड़ीयों की ओर से छलांग लगा दी। वे वास्तव में भूखे थे।

6

केयरटेकर

'ये आपने क्या लिखा है? पावलगढ़ रेस्ट हाउस! क्या आपको यकीन है आप यहाँ रहना चाहते हैं?' वन अधिकारी ने हैरान हो कर सवाल किया। जब मैंने उसे बुकिंग स्लिप दिखाई थी तो उसने प्रसन्न मन से मेरा अभिवादन किया था। तब भी उस पर 'पावलगढ़ फॉरेस्ट रेस्ट हाउस' छपा हुआ था।

'हाँ मुझे यकीन है। पूर्ण रूप से! महोदय!'

'आपने ठहरने के लिए ढिकाला या गैरल रेस्ट हाउस क्यों नहीं बुक किया? वे मांग में हैं!'

'मैं लेखक हूँ! मुझे जंगल पसंद है! किसी भी लेखक के लिए वो जगह भीड़भाड़ से भरीं हैं। मुझे शांति की जरूरत है।'

'तो, आप एक उपन्यासकार हैं!' रेंजर ने चुटकी ली।

'हम्म ...'

'उम्म ... रेस्ट हाउस में कोई रेडियो या फोन नेटवर्क नहीं है! बिजली भी नहीं है। आप वहां कुछ दिनों के लिए क्या करेंगे?' वन अधिकारी ने सवाल किया।

'मैं किताबें लाया हूँ!' मैंने संक्षेप में उत्तर दिया।

'किताबें कुछ समय बाद बोर हो जाती हैं। क्या आप अकेले डाट्‌र्स खेलेंगे? आपका कोई साथी भी नहीं है।' रेंजर ने सवाल किया। वन अधिकारी रेंजर की ओर देख कर मुस्कुराया।

'मुझे डार्ट्स की जरूरत नहीं है। मेरे पास मेरी कलम है! वह मेरी सबसे अच्छी साथी है!'

'ठीक है मिस्टर! आप सौभाग्यशाली हो!' वन अधिकारी ने मेरी तरफ देखा।

'ये वन नियम हैं। इनका स्पष्ट अध्ययन करें। जब तक आप रेस्ट हाउस की हद में ना हों, तब तक आप जीप से नीचे न उतरें। आपको सूर्यास्त के बाद कमरे के अंदर रहने की आवश्यकता है। आप बरामदे में भी नहीं बैठ सकते। बिजली नहीं है, हालांकि सौर ऊर्जा से आप तीन बल्ब जला सकते हैं। ये बल्ब शयनकक्ष, रसोईघर और कार्यवाहक में उपलब्ध हैं। मोबाइल के लिए कोई चार्जिंग पॉइंट नहीं हैं। बगीचे में कूड़ा मत फेंके। रेस्ट हाउस के दिशानिर्देश शराब पीने की अनुमति नहीं देते हैं। धूम्रपान कमरे में ही करें।' वन अधिकारी ने अच्छे से समझाया।

'आप शाम छह बजे के बाद पेशाब नहीं कर सकते। वॉशरूम में कोई बल्ब नहीं है!' रेंजर ने मखौल उड़ाया।

'चिंता मत करो, यदि आवश्यक होगा तो मैं मोबाइल लाइट का उपयोग करूंगा। मेरे पास टॉर्च है!'

'मैंने तुमसे कहा था कि जंगल में कोई मोबाइल नेटवर्क नहीं है! क्या नहीं बताया था?' रेंजर खिसिया कर बोला।

'मोबाइल टॉर्च के लिए नेटवर्क की आवश्यकता नहीं होती है।' मैंने जवाब दिया। मैं उसकी शर्मिंदगी देख सकता था।

'जीप आपको सुबह सफारी के लिए ले जाएगी। आपको नाश्ता साथ ले कर जाना होगा। नाश्ते के लिए कोटाबाग में सफारी ठहरेगी। दोपहर तक सफारी वापस आपको कॉटेज पर उतारेगी। फिर शाम को भी आपको सफारी लेने आएगी। शाम की सफारी सूर्यास्त को समाप्त होगी। रात के लिए रेस्ट हाउस में आप अपने दम पर हैं।'

'मुझे आशा है कि आपके पास रात के लिए पर्याप्त किताबें हैं!' रेंजर ने हल्की मुस्कान बिखेरते हुए मखौल उड़ाया। मैंने उसे नजरअंदाज कर दिया।

'मेरा एक सवाल है!'

'वो क्या है? मेरे कान जानने के लिए उत्सुक हैं!'

'रात का खाना बनाने के लिए रसोईया कब तक आएगा? मैं राशन लाया हूँ!'

'ओह! केयरटेकर! वो आपके सफारी से लौटने के घंटे भर बाद ही पहुंचेगा। वो भोजन बना कर कॉटेज के पीछे वाले कमरे में रात बिताएगा!' अधिकारी ने कॉटेज की चाबी टेबल पर रख दी। मैंने बिना संकोच के चाबी जेब में डाल दी।

'एक महत्वपूर्ण बात है जो आपको मालूम होनी चाहिए...' रेंजर ने अधिकारी की बात को टोका। अधिकारी ने आँख मिचकाकर कर उसे बोलने से मना किया।

'रात के गर्म खाने से ज्यादा महत्वपूर्ण कुछ नहीं है, है न?' ऐसा लगा जैसे रेंजर ने बात टाल दी।

'सुझाव के लिए बहुत बहुत धन्यवाद!' मैंने वन अधिकारी से हाथ मिलाया परन्तु रेंजर की तरफ ना देखा।

रेस्ट हाउस की तरफ जानी वाली सड़क सुनसान थी। ढिकाला और झिरना में जानवरों की बेहतर उपस्थिति थी। पावलगढ़ विश्राम गृह की ओर जाने वाली सड़क जंगल के मूल निवासियों से रहित थी। वन्यजीवन ना के बराबर था। मैंने केवल पुराने बरगद के पेड़ की सबसे ऊँची शाखा पर अकेला लंगूर बैठे देखा और 'म्याऊ ... म्याऊ ...' के अपने ही स्वर के साथ एक अकेला नाचता हुआ मोर। ड्राइवर पूरे रास्ते चुप रहा। उसने जल्दी से बैग रेस्ट हाउस के दरवाजे पर उतारा। वो बेहद जल्दी में लग रहा था। उसने बख्शीश का भी इंतजार नहीं किया।

रेस्ट हाउस एक पुरानी ब्रितानी इमारत जैसा दिखता था। पुराने बरगद के पेड़ की भयंकर आकृति बरामदे में पड़ती थी। इसकी छांव लंबी थी क्योंकि सूरज कुछ ही मिनटों में अस्त होने वाला था। मैंने जल्दी से नियमों को याद किया और रेस्ट हाउस में प्रवेश करने के लिए मुख्य द्वार को खोल दिया और कमरे के भीतर सिगार जलाया। माचिस की रोशनी में मुश्किल से ही सही पर मैंने बल्ब का बटन ढूंढ लिया।

इमारत को अंदर से बेदाग रखा गया था। लिविंग रूम में एक अच्छा सा दिखने वाला बांस का सोफ था व डाइनिंग टेबल पर अच्छा सा दिखने वाला कपडा बिछा था। कालीन भी काफी साफ था। बेडरूम और बाथरूम काफी बड़े व साफ सुथरे थे। बैग रखने की अलमारी जरूरत से ज्यादा बड़ी थी। तीनों बल्ब सही से जल रहे थे। सबकुछ अच्छी स्थिति में था। रसोई की तरफ पीछे की ओर दरवाजा खुलता था और वहां कमरा था। शायद वो रसोइये के लिए था। मैं बेसब्री से डिनर के लिए केयरटेकर का इंतजार करने लगा। थका होने के कारण मैं सोफे पर सुस्ताने लगा और जल्द ही मेरी आँख लग गयी।

मुख्य द्वार पर गड़गड़ाहट और गड़गड़ाहट से मैं जाग गया। हल्की रोशनी में भी मुख्य द्वार पर कोई लम्बा सा व्यक्ति खड़ा दिखा। उसकी दाढ़ी बारीक और कंधे चौड़े थे। उसने सैनिक की टोपी पहनी हुई थी। उसका चेहरा कठोर और पीला था, और उसकी आँखें लाल सी थीं।

'तुम यहाँ रह रहे हो?' उस आदमी ने कठोर स्वर में पूछा। उसने सलाम किया। मैंने सलाम स्वीकार किया और मुख्य द्वार खोल दिया।

'हाँ, मैं यहाँ कुछ दिनों के लिए आया हूँ। क्या तुम रसोइये हो?'

वो बिना जवाब दिए सीधा बेडरूम में घुस गया। उसने अलमारी से चादर निकाली और बिस्तरे पर बिछाने लगा।

'बेड पर साफ चादर बिछी है। मैंने इसका उपयोग नहीं किया है।' मैं सोफे पर लेट गया था। मैंने सुझाव देने की कोशिश की। उसने कोई जवाब नहीं दिया और चादरें बदल दीं। फिर, वह रसोई में गया और चाय की पत्तियों को उबालना शुरू कर दिया।

'मैं रात के खाने से पहले चाय नहीं लेता।'

'पहले वाले साहब चाय पिया करते थे।' उसने बात को अनसुना कर दिया और टेबल पर चाय ला कर रख दी। रात का खाना तैयार करने के लिए वह वापस रसोई में चला गया। जब वो मुड़ा तो मैंने उसकी गर्दन के पीछे चोट के निशान देखे। वह लाल रंग का निशान था। मैं उसके पीछे रसोई की तरफ गया।

'तुम्हें चोट तो नहीं लगी?'

'नहीं!' रसोइये ने कठोर स्वर में जवाब दिया।

'तुम्हारी गर्दन पर गहरा निशान है!'

'यह पुराना निशान है!'

'हम्म ... क्या बनाने की तैयारी कर रहे हो?'

'बिरयानी!'

'नहीं ये नहीं! मेरे लिए पास्ता बनाओ। मेरे पास स्टॉक है!'

'वो क्या होता है?'

'उम्म ... इतालियन...' मुझे यह सुझाव देना कठिन लगा।

'नफरत है मुझे इतालियन शब्द से! मैं अंडा करी बना सकता हूं!'

'मैं शाकाहारी हूँ!'

'क्या आप चावल और करी पसंद करेंगे? मैं इसमें किसमिश और काजू डाल दूंगा!'

'नहीं! मैं बहुत थक गया हूँ। मैं पास्ता बना कर खा लूँगा!'

'ठीक है, साहब! मैं छुट्टी लेना चाहूंगा! मैं कल रिपोर्ट करूंगा!' उसने कठोरता से देखा और मुख्य दरवाजे की ओर मुड़ गया।

'अरे... यहाँ से मत जाओ! यह खतरनाक है! आपके लिए पीछे एक कमरा है! रसोई का दरवाजा पीछे के कमरे में खुलता है।'

'मैं बिलकुल ठीक हूँ! मुझे किसी कमरे की आवश्यकता नहीं है।' रसोइये ने मुस्करा कर जवाब दिया।

उसके लाल दांतों ने उसके चेहरे को ओर भयानक बना दिया। इसने मुझे सुन्न कर दिया। मैंने उसे और परेशान नहीं किया। फिर भी, मैं उसकी सुरक्षा के लिए चिंतित था। चाय लेकर मैं बेडरूम की तरफ चला गया। सर्द रात की सरसराती हवा चल रही थी। मैंने पास्ता का विचार छोड़ दिया और गर्म चाय से काम चला लिया।

৩

अगली सुबह भूख से पेट में मरोड़ उठ रहे थे। मैंने हाथों से पेट को जकड़ रखा था।

'क्या मैं डॉक्टर को बुलाऊँ?' अनजानी सी आवाज ने प्रश्न किया।

मैंने अपनी आँखें धीरे से खोलीं। मैंने आदमी को नहीं पहचाना।

'तुम कौन हो?'

'मैं रसोईया हूँ!'

'क्या? आप बैकअप हैं!' मैंने हैरान हो कर सवाल पूछा।

'नहीं! कोई बैकअप नहीं है। तेज बारिश की वजह से मैं फंस गया था। मैं कल रात रिपोर्ट नहीं कर सका।' उसने सफाई दी।

'कल रात एक और रसोईया था जिसने रिपोर्ट किया। उसने चाय भी बनाई!'

रसोईया चुप रहा।

फिर, उसने मेरी तरफ देखा। उसने कहा, 'वह अली थे! वह ईस्ट इंडिया कंपनी के अधिकारी का रसोईया था।'

'लेकिन, क्या उन्होंने भारत को लंबे समय पहले नहीं छोड़ दिया था।' आश्चर्य से मेरी आँखें चौड़ी हो गईं।

'हाँ उन्होंने छोड़ दिया था। लेकिन, उनके रसोइये ने ऐसा नहीं किया।'

'यह बहुत बुरा है। क्या वह ... मेरा मतलब है उसकी आत्मा!' मेरे शब्द घुट गए।

'हम्म ... लेकिन, वह हमेशा अनुशासित था। अंत में ... ' रसोइये ने आह भरी।

'उनके साथ क्या हुआ?'

'वह हमेशा समय के पाबंद थे। उन्होंने हमेशा इसे नियम से निभाया। ये ही उन्हें महंगा पड़ गया!'

'वो कैसे?'

'अंग्रेज अधिकारी ने बाघ को गोली मार दी!'

'उसने गोली क्यों चलाई?'

'वह शिकारी था!'

'क्या उसने आदमखोर बाघ को गोली मारी थी?'

'नहीं, वह आदमखोर बाघिन थी। उसने बाघिन को गोली मार दी! बाघ ने अधिकारी की गंध का पीछा किया। बाघ रसोइये के कमरे के पास अधिकारी का इंतजार कर रहा था जो पीछे की ओर है।'

'ओह! बाघ ने बदला लेने की ठान ली थी।'

'हाँ, लेकिन उस रात अधिकारी नहीं आया। रात के खाने के लिए रसोइये ने चाय और खाना बना कर टेबल पर रख दिया। फिर, वह अपने

कमरे की ओर चला गया जहाँ बाघ ने उस पर हमला किया। बाघ ने गलत आदमी से अपना बदला ले लिया।'

'यह बहुत गलत हुआ!' मैंने कंधे को उचका कर कहा।

'हम्म ...' रसोइये ने सहमती जताई।

'मैंने उसे अपने कमरे में जाने के लिए कहा। उसने नकार दिया। क्या तुम बता सकते हो उसने ऐसा क्यों किया?'

'इस बारे में मैं क्या बता सकता हूँ? आप आज रात रह सकते हैं और उससे पूछ सकते हैं।' रसोइये मुझे देखकर मुस्कुराया। मैं वापस मुस्कुराया। मुझे यह जानने में कोई दिलचस्पी नहीं थी।

7
आदमखोर

यह घटना अचंभित कर देने वाली है। यह आदमखोर बाघ द्वारा इंजीनियर के खिलाफ लिए गए प्रतिशोध के बारे में है। खान इंजीनियर था और वो लखनऊ के राजघराने से ताल्लुक रखता था। इसमें कुछ प्रसिद्ध शिकारी थे और उन्होंने ब्रिटिश अधिकारियों के लिए शिकार अभियानों की भी व्यवस्था की थी। सर्द महीने की ये घटना उन दिनों की है जब भारत देश अंग्रेजों के अधीन था। खान और बाघ का सामना रामनगर के घने जंगलों में हुआ था। इसे अंग्रेजों के अधीन संयुक्त प्रांत के रूप में जाना जाता था। रामनगर अब उत्तराखंड का हिस्सा है। जिस प्राकृतिक जंगल में यह हादसा हुआ वह वर्तमान में जिम कॉर्बेट नेशनल पार्क के नाम से जाना जाता है। आदमखोर बाघ ने यह हमला मोहान और कालागढ़ के बीच में किया था। प्रतिशोध की ये कहानी मुझे बांके गाइड ने सुनाई थी जो हमें कॉर्बेट नेशनल पार्क के घने जंगल में घुमाने ले गया था। कथित घटना में उसके दादा नवाब, खान इंजीनियर और शेरखान शामिल थे। बांके ने बाघ को शेरखान कह कर सम्बोधित किया।

'यह निस्संदेह उल्लेखनीय जानवर है! देखो, यह कैसे मेरी तरफ बढ़ रहा है!' मैंने बाघ की आँखों की ओर देखा था क्योंकि मुझे उसकी फोटो चाहिए थी। यह शाम का नर्वस भरा फोटो था।

'कृपया चिंता न करें, सर! यह साधारण बाघ है। यह आप का शिकार नहीं करेगा। यह चेतावनी भर दे रहा है। वो चाहता है की आप उसके

इलाके से दूर रहें। वो आकर्षक है, है न?' बांके ने बाघ की प्रशंसा की। वह गाइड था और जंगल को अच्छी तरह जानता था।

'मैं आपसे सहमत हूँ । वह सभी जंगलों का राजा है। हालांकि, राजसी होने के बावजूद, बाघ भयानक जानवर हो सकता है। वह अभी भी अदम्य जंगली जानवर है। जरा उन क्रूर आँखों को देखो!'

'नहीं, इससे आपको कोई नुकसान नहीं होगा। वास्तव में, यह किसी को चोट नहीं पहुंचाएगा। यह बाघ कॉर्बेट का सज्जन है। साधारण बाघ बहुत ही शर्मीला जानवर होता है। मानव से सामना होने पर वो घास में छुप जाता है या जंगल में गायब हो जाता है। कभी-कभी वह संकेत भेजने के लिए बढ़ सकता है या धमकी देने के लिए बाएं और दाएं पूंछ को मोड़ सकता है,' बांके ने बोलना जारी रखा, 'लेकिन चार्ज शायद ही कभी होता है। कोई भी आदमखोर बाघ आपको फोटो लेने की इजाजत नहीं देगा। ये मत कहियेगा की मैंने आपको बताया नहीं!'

'क्या यह सच है कि खतरनाक आदमखोर बाघ रामनगर के आसपास मंडरा रहा है? सुना है आदमखोर ने कईं लोगों को मार डाला है।'

'हाँ, यह तथ्यात्मक है। यह बाघिन शक्तिशाली है। हालांकि, बाघिन कॉर्बेट जंगल से बहुत दूर है। हम उसे गन्ने की बाघिन कहते हैं। ग्रामीणों ने उसके शावकों को मार डाला और अब वह उन्हें मारकर उनसे प्रतिशोध ले रही है।' बांके ने जवाब दिया।

'प्रतिशोध! मुझे विश्वास नहीं होता। कोई जानवर कैसे प्रतिशोध ले सकता है?' मैंने हैरान हो कर पूछा।

'बाघ प्रतिशोध क्यों नहीं ले सकता, सर? क्या हमने बहुत बार नहीं सुना कि हाथियों की अच्छी यादाश्त होती है, और वे प्रतिशोध लेने के लिए दक्षिण में गाँवों तक को कुचलते हैं? हाथी अपने महावत को कभी नहीं भूलेगा जो उसके प्रति दयालु रहा है और उन ग्रामीणों को भी जिन्होंने उसके साथ क्रूरता की है।'

'बाघ क्रूर जानवर है। हाथियों को बांध सकते हैं। लेकिन, आप बाघ को वश में नहीं कर सकते। तुम कैसे कह सकते हो की बाघिन प्रतिशोध ले रही है?'

"आप वन्यजीव उत्साही हैं। लेकिन, मुझे कहना होगा कि आप बाघों के बारे में ज्यादा नहीं जानते हैं। क्या थाई भिक्षुओं ने बाघों को नहीं पाला? मैं आपसे सहमत हूं कि बाघ को पूरी तरह से वश में नहीं किया जा सकता है। हालांकि, मुझे यकीन है कि बाघ ने प्रतिशोध लेने की योजना बना सकता है और क्रूरता से ने प्रतिशोध ले सकता है। क्या मैं आपको 'शेरखान' नामक आदमखोर बाघ की कहानी अद्भुत कहानी सुनाऊं जिसने प्रतिशोध लेने के लिए आदमी का पीछा किया?"

"शेरखान! आकर्षक नाम है। मैंने इसे कई बार कहानियों में सुना है। लेकिन, बाघ ने प्रतिशोध लेने के लिए आदमी का पीछा किया से आपका क्या मतलब है? हां, आदमखोर उस आदमी का शिकार कर सकता है लेकिन कभी नहीं सुना कि बाघ ने प्रतिशोध लेने के लिए किसी आदमी का पीछा करे। यह 'शेरखान' निश्चित रूप से दिलचस्प बाघ की तरह दिखता है।"

"हाँ, सर, 'शेरखान' ने प्रतिशोध लेने के लिए मीलों तक इस आदमी का पीछा किया। बाघ ने प्रतिशोध इन्हीं जंगलों में लिया। यह प्रतिशोध हमारे गाँव सुंदरखाल के पास हुआ, जहाँ मेरे परदादा रहते थे, जहाँ मेरे पिता रहते थे और जहाँ मैं अब रहता हूँ।"

'मैं कहानी सुनने के लिए बहुत उत्साहित हूं, बांके।'

'सर, इसके लिए मैं आपको रात में वन विश्राम गृह में मिलूंगा।'

'तुम जंगल से कैसे लौटोगे? ढिकाला एकांत इलाका है। रात को कोई हरकत हुई तो क्या करोगे?'

'हाँ, वे किसी को रात में बाहर जाने की अनुमति नहीं देते हैं, लेकिन गाइड भी अब वन विश्राम गृह के नजदीक रहते हैं। अब, हमें मुख्य द्वार पर रिपोर्ट करने की आवश्यकता नहीं है। रेंजर कार्यालय आपके विश्राम गृह के ठीक बगल में है।' बांके ने जवाब दिया।

हम विश्राम गृह लौट आए और बाद में रात को विश्राम गृह आ गया जहां रात के लिए अलाव जलाया गया। बांके ने शेरखान द्वारा लिए गए प्रतिशोध की कहानी सुनाई जो मैं आपको वैसे ही सुनाऊंगा जैसा मुझे सुनाई गई थी।

नवाब शर्मिंदा था, और उसने खान की ओर देखकर शर्म से कहा, 'साहब, ये रोटियाँ गर्म नहीं हो सकतीं और आपको ठंडे दूध के साथ ही खानी पड़ेंगी। मैं इस ठंडी रात में आपके लिए केवल इतना ही कर सकता हूँ। मैं लकड़ियां लेने जंगल नहीं जा पाया हूँ।'

लखनऊ के साहब, खान ने नवाब की कुटिया में रात बिताने का फैसला किया था। सरकारी बंगला कालागढ़ में था। इस बंगले में वह अपने काम के लिए अगले कुछ महीनों तक रहेंगे। अंग्रेज सरकार ने उन्हें डैम के निर्माण के लिए नियुक्त किया था।

'यह रोटियां ठीक रहेंगी, नवाब। घने जंगल में कुछ तो खाने को मिलेगा। मिस्टर हडसन ने मुझे सुझाव दिया था की तुम्हारे यहाँ रात बिता सकता हूँ। उन्होंने आपके आतिथ्य की प्रशंसा की थी और मैं उनसे सहमत हूँ!' खान ने जवाब दिया।

'हडसन साहब! वह दयालु अंगरेज हैं।' नवाब ने कहा, 'लेकिन, क्या आतिथ्य बोलूं खान साहब? मैं देहाती ग्रामीण, और दूध विक्रेता हूं। इन दिनों जीना मुश्किल है।' नवाब ने गहरी सांस ली। उसकी आँखें उदास थीं और चमक नहीं रही थीं। वह आतंकित दिख रहा था।

'तुम डरे हुए लग रहे हो, नवाब। क्या बात है? कैसे मेहनतकश ग्रामीण बेहद थका हुआ और उदास दिख रहा है! ऐसा कैसे हो सकता है?' खान ने आश्चर्य से पूछा।

'आप बाघ के साथ नहीं रहे, साहब। अगर आप उनके साथ रहते, तो आपने ये सवाल नहीं किया हुआ था।' नवाब ने जवाब दिया। उसने राइफल को तीव्रता से देखा जो खान के कैनवास बैग के बगल में पड़ी थी।

'मेरे परिवार ने कुछ बाघों का शिकार किया है। मैं अब्बू के साथ उन शिकार यात्राओं में शामिल हुआ था। साहिबों ने मचान से बाघों का शिकार किया। मैं तंबू में उनके साथ रहा और बाघ रात में आ जाते थे पर हम उनको देख नहीं पाते थे। बाघ शर्मीले और कोमल थे। वे हमारी बकरियों को कभी परेशान नहीं करते थे। इसलिए, मुझे बाघों के बारे में थोड़ा सा मालूम है।'

"मैं सहमत हूँ, खान साहब। मैं जिस बाघ के बारे में बात कर रहा हूँ वो बाघ नहीं है वो शैतान है। इसने मानव रक्त का स्वाद चखा है। आपका सामना साधारण बाघ से हुआ है, लेकिन 'शेरखान' जैसे आदमखोर से नहीं। मुझे यकीन है कि आप उस जंगल में नहीं रहे हैं जहाँ आदमखोर बाघ भी रहता है।"

'आदमखोर! शेरखान!' खान ने हैरान हो कर पूछा। 'दूध का स्वाद इतना ताजा है!'

'शुक्रिया, लेकिन शेरखान, कभी दूध का सेवन नहीं करता। उसकी साथी, जो की बाघिन है उसने भी शेरखान की आदतों को अपना लिया है और वह भी आदमखोर है। अब, वे साथ में शिकार करते हैं,' नवाब ने बोलना जारी रखा, 'बाघिन शिकार को आश्चर्य में डाल देती है और बाघ लपक कर गर्दन दबोच लेता है।'

'इसका मतलब है कि बाघ पुराना आदमखोर था।'

'हां, साहब, आप सही हैं।' नवाब ने जवाब दिया।

'यह असामान्य है कि आदमखोर बाघ और बाघिन साथ में ही जंगल में इंसानों का शिकार कर रहे हैं। हैरानी की बात है, वे शिकार में भागीदार हैं! वे खतरनाक और धूर्त हैं!' खान ने अपने कंधे उचका दिए।

"शेरखान हिरन और जंगली सूअर का शिकार करता था। फिर, यह हमारे पशुधन को मारने लगा। मुझे नहीं पता कि इसने ऐसा क्यों किया। अंगरेज साहब ने उसका नाम 'शेरखान' रखा था। हमारे अनुरोध पर, साहिब ने देसी राइफल से पेड़ की आड़ से बाघ को गोली मार दी जब वह रात में भोजन खत्म करने के लिए लौटा। लेकिन, पुराने हथियार ने बाघ को घायल कर दिया। चोट ने बाघ को सामान्य शिकार करने में असमर्थ बना दिया।'

'लेकिन, बाघ ने गाँव की गायों को क्यों निशाना बनाया?' खान ने पूछा।

'मैंने कहा था कि मैं नहीं जानता। लेकिन, साहिब ने कहा कि जब वह भोजन पूरा करने के लिए लौटा तो बाघ लंगड़ा रहा था। शायद, बाघ हिरन शिकार के लिए उपयुक्त नहीं था, और उसने अपनी भूख पर अंकुश लगाने के लिए गाँव के पशुओं की ओर रुख किया। साहिब द्वारा गोली

चलाने से उसकी पीड़ा बढ़ गई और बाघ मनुष्यों के खिलाफ हो गया। मनुष्य बहरा और अंधा होता है। वे आसान शिकार हैं। हिरन जैसे नहीं भाग सकते और राइफल के बिना असहाय हैं। वे आसान भोजन हैं।' नवाब ने जवाब दिया।

'क्या तुम्हें यकीन है की वो साहब की गोली से लंगड़ा नहीं हुआ?'

'वो पूर्णिमा की रात थी, साहिब और उज्ज्वल भी। साथ ही, हम अंगरेज साहब से कभी सवाल नहीं कर सकते!'

'हम्म ... शायद, बाघ क्षेत्रीय लड़ाई में घायल हो गया था या कांटे वाले जीव से उसका आमना-सामना हुआ था,'

'इसके बारे में कौन निश्चित तौर पर बता सकता है, साहब?'

'हाँ, कोई भी इसके बारे में नहीं बता सकता है, जब तक कि बाघ मारा या पकड़ा ना जा सके।'

'कौन करेगा इस इस बात की जांच? बांस की छड़ी से हम आदमखोरों का सामना कैसे कर सकते हैं? जो इस बारे में बता सकता है वो देश ही छोड़ गया है।'

'आपका इशारा मिस्टर कॉर्बेट की ओर है।'

'हां, साहब, आप सही हैं। मेरा मतलब यही था। वह आदमखोर के साथ मुठभेड़ के बाद सेवानिवृत्त हुए। वह लगभग बाघिन का शिकार बन गए थे। उन्होंने बोला था की वो अब बाघों का शिकार नहीं करेंगे और इसके लिए लोगों को शिकारियों को ढूंढ़ना पड़ेगा।'

'हाँ, उन्होंने कई वर्षों से पहाड़ियों में रहने वाले लोगों के लिए व्यापक सेवा की है। लोगों को आदमखोरों से छुटकारा दिलाया! इसके अलावा, उनकी उम्र में, ये बाघ और बाघिन उन्हें तंग कर सकते थे।'

विराम के बाद, नवाब ने कहा, 'कोई भी गाँव से आपूर्ति प्राप्त करने के लिए नहीं जा रहा है। हम दैनिक जरूरतों के मामले में तकलीफ में हैं। हमारे पास पैसा नहीं है। कोई भी खेतों में काम करने का जोखिम नहीं उठाना चाहता। हम पूरे समय झोपड़ी के अंदर रहते हैं।'

'आपने पटवारी या जिला कलेक्टर को बताया? वे शिकारी की व्यवस्था कर सकते हैं!'

'हमने उनसे बात की। लेकिन, कोई भी शिकारी इस बाघ और बाघिन का सामना करने को तैयार नहीं है।'

आउँघ... औंघ... बाघ ने पहाड़ी से गर्जना की। चुभने वाली गर्जना से खान की गर्दन के बाल खड़े हो गए। बाहर घना अंधेरा था। पहाड़ी कुछ मील दूर थी। लेकिन, उस अंधेरी खामोश रात में, बाघ को पहाड़ी से इतना स्पष्ट रूप से सुना जा सकता था जैसे कि वह गाँव के किनारे पर खड़ा हो। झोंपड़ी के अंदर रोशनी सुस्त थी। पुराने लालटेन में तेल की कमी थी। धब्बेदार हिरण ने तुरंत चेतावनी जारी की।

नवाब ने चुटकी लेते हुए कहा, 'बाघ शायद अपनी प्रेमिका को बुला रहा है।' उसने खान और उसकी बंदूक को देखा।

'बंदूक मत देखो, नवाब। मैं कुशल शिकारी नहीं हूं। मैं इस बाघ का शिकार करने नहीं जा रहा हूं, कम से कम, अभी नहीं, जब मैं बांध पर काम करने के लिए यहां हूं।' खान ने कहा। 'प्रोविडेंस ने राइफल हाथियों और डाकुओं को दूर रखने के लिए दी है। निश्चित रूप से, उनकी योजनाओं में कोई भी आदमखोर बाघ नहीं था।'

'सभी शिकारियों, गाँव के कुत्तों और डाकुओं को इस बाघ ने मार डाला। हाथी ढिकला चले गए हैं। यहां तक कि उन्हें बाघों से डर लगता है! आप उन्हें बांध के रास्ते पर देख सकते हैं। लेकिन, इससे पहले यह बाघ आपसे मिल सकता है।'

बांके ने विराम लिया। 'खान क्या कर सकते थे, सर? अंग्रेज साहब सेना से निपटने के लिए सेना भेजते थे। आखिरकार, यह उनके लिए सिर्फ बाघ था। तो क्या हुआ अगर यह आदमखोर था! कौन आदमखोर को प्राथमिकता देता है? आदमखोर बाघ खान के लिए चुनौती होने वाला था।' मैं सहमत था। बांके ने कहानी को आगे बढ़ाया।

'आदमखोर बाघ हमेशा चुनौती होता है। मुझे याद है कि ठाक आदमखोर ने लगभग हजार मजदूरों के लिए समस्याएँ कैसे पैदा कर दीं, जिन्हें साल के पेड़ों को हटाने के लिए पहाड़ियों में लाया गया था। आदमखोर की वजह से काम में देरी होने के कारण लगभग सभी श्रमिक घर लौट गए।'

'नवाब! यही बात अफ्रीका में भी हुई थी। सावो के शेरों ने रेलवे पर कुछ महीनों के लिए काम रोक दिया था। वे शेर भाई थे और क्रूर आदमखोर थे।'

'मैंने अन्य ग्रामीणों से अफ्रीका के बारे में सुना। वे कहते हैं कि कॉर्बेट साहिब अफ्रीका चले गए हैं। वो खूबसूरत जगह होनी चाहिए।'

'हाँ, वो खूबसूरत जगह है। हालाँकि, अफ्रीका साहिबों का उपनिवेश भी है।' खान ने उत्तर दिया।

'कभी-कभी, मुझे आश्चर्य होता है कि क्या ये आदमखोर निश्चित रूप से केवल गोरे लोगों को खा जाना चाहते हैं। हम तो सिर्फ सामने आ गए। क्या यह अजीब नहीं है कि आदमखोर केवल गोरे लोगों द्वारा शासित कालोनियों में पाए जाते हैं?'

'मैं तुमसे सहमत हूँ। मेरा मानना है कि वे गोरी त्वचा पसंद करते हैं। साहिब अब तक कई बाघों को मार चुके हैं। उन्होंने भारत में चालीस हजार बाघों का सफाया कर दिया। तुम समझदार हो, नवाब। तुम मजाकिया आदमी हो। लेकिन, अब लालटेन को ठंडा करें। मुझे सोना है। मैं थक गया हूँ।'

'मैं भी। लेकिन, जानवर ऐसा नहीं करेंगे क्योंकि यह शिकार करने का समय है।' नवाब ने जवाब दिया।

☙

अगली सुबह शांत थी। बाहर कोई शोर नहीं था, प्रकृति की पुकार के लिए भी नहीं। यह स्थान जंगल के पक्षियों, जंगल के दोस्तों से वंचित दिखता था। सुंदर मोर का कोई परिचित 'म्याऊ' नहीं था। यह सुंदरखाल जैसे गाँव के विपरीत था जहाँ ग्रामीण लोग आजीविका के लिए खेतों पर निर्भर थे। खान ने ग्रामीणों में भय देखा। यह स्पष्ट रूप से आदमखोर के कारण था।

'नवाब, सूरज निकला हुआ है। ग्रामीण किस समय अपने खेतों में जाते हैं?'

'मैंने कहा था साहब कि हम अब खेतों में नहीं जाते। जब सूरज शानदार ढंग से चमकता है घरवाली कुएं से पानी लाने के लिए निकलती

हैं। सब शौच के लिए समूहों में जाते हैं। वे सभी पूरे समय साथ रहते हैं और सतर्क रहते हैं। शेरखान किसी भी झाड़ी के पीछे हो सकता है या वह कुछ मील दूर हो सकता है। कौन बता सकता है?'

'हम्म ... मैं उनकी पीड़ा समझ सकता हूं!'

'नाश्ता साहब?'

'उम्म ... नहीं नवाब, मेरे पास फल हैं! धन्यवाद!'

'क्या आप मुझ पर कृपा कर सकते हैं, साहब?'

'हां, लेकिन मुझे बाघ को मारने के लिए मत कहो।'

'नहीं, मैं नहीं करूँगा। अगर मैं आपसे कहूं तो भी आप बाघ को गोली नहीं मार पाएंगे। यह बाघ चालाक, क्रूर और शातिर है। कोई भी गोली उन धारियों से नहीं जा सकती। मैं यही चाहता हूं कि आप मेरी गाय को खोजने में मेरी मदद करें। वह बछिया है। बछिया कल दोपहर जंगल में भाग गयी। मैंने कई दिनों तक इसे नहीं खिलाया था।'

'क्या तुमने उसे भागते हुए देखा था?'

'हाँ, बछिया उत्तर की ओर गयी है। यह वो ही रास्ता है जो आपके बंगले की तरफ जाता है।'

'मैं तुम्हें ले जाऊंगा, लेकिन तुम अकेले कैसे लौटोगे। मेरा मतलब है, बछिया के साथ।'

'हम उसे खड्ड के पास ढूंढ पाएंगे। यह दूर नहीं है। इस खड्ड में घास है और इसके पास छोटी सी धारा साल भर ताज़े पानी की व्यवस्था करती है। वह अपना भोजन वहीं कर रही होगी,' नवाब ने कहा, 'अगर हमें बछिया नहीं मिली, तो मैं उसे भाग्य पर छोड़ दूंगा। मैं सांझ ढलते ही वापसी करूंगा और आप अपनी यात्रा निरीक्षण बंगले तक कर सकते हैं, लेकिन हाथों में बंदूक लेकर।'

बाँके ने गहरी साँस ली। 'सर, यह कहा जाता है कि बाघ चुंबक की तरह अपने शिकार को आकर्षित करता है। शिकार सारी समझदारी और सोच को खो देता है। किसने सोचा होगा कि उस घटना के दिन बाघ ही था जिसने खान और नवाब को सीधे उसकी ओर जाने के लिए प्रेरित किया? गाय तो सिर्फ बहाना थी!'

'मैं समझ नहीं पाया।'

'समझ जाएंगे जब आप इसे पूरा सुनेंगे, सर। खान और नवाब गांव से जंगल में चले गए और शेरखान अपनी प्रेमिका के साथ मरचुला से पहाड़ी के नीचे पहुंचा। बाघ और उसकी प्रेमिका उसी खड्ड की ओर बढ़े जो उनका घर था। यह उनकी मांद थी। खान को इसका कोई अंदाजा नहीं था लेकिन नवाब को यह पता था। उसने इसे खान से छुपाया। उसे बछिया चाहिए थी। बछिया खान और बाघ के बीच कहीं थी। खड्ड के पास मीठे पानी की धारा खान और शेरखान के बीच मिलन बिंदु जाने वाली थी।' बांके ने कहानी जारी रखी।

༄༅

खान और नवाब खेतों को पार कर जंगल में घुस गए। खान विनचेस्टर के ट्रिगर पर उंगलियां गड़ाए था। नवाब सावधानी से खान के पीछे चल रहा था। जंगल सूखा और शांत था। खान शेरखान से कोई सामना नहीं करना चाहता था। शेरखान आराम कर रहा होगा या हो सकता है किसी झाड़ी से उन्हें देख रहा होगा। खान गिरी हुई छड़ी या टहनी के संपर्क में नहीं आना चाहता था। यह नवाब के लिए कठिन था क्योंकि वो साधारण ग्रामीण था।

वे बिना किसी नाटक के खड्ड में पहुँच गए। खड्ड में बाघों के सैकड़ों पग चिहन थे। यह बाघ की मांद थी। हालांकि, उन्होंने किसी भी गाय को पत्तियों या घास चरते नहीं देखा। वे छोटी सी धारा को पार कर गए जो बोल्डर से लदी हुई थी। जंगल में कई जानवर और पक्षी हैं जो मांसाहारी को चलते हुए देखते हैं तो अलार्म कॉल देते हैं। लंगूर उच्चतम शाखा पर बैठता है और प्रत्येक झाड़ी और घास को सावधानी से देखता है। खान ने लंगूर को चेतावनी देते हुए देखा जो उनसे कुछ सौ गज की दूरी पर था। जल्दबाजी में, खान और नवाब ने धारा से बाहर कदम रखा। उन्होंने किसी मरते हुए जानवर की तेज चीख को सुना।

'साहब, उन्होंने मेरी गाय को मार दिया। मैं मदद के लिए उसकी चीख को पहचान सकता हूं।' नवाब ने अपने माथे से पसीने की बूंदें पोंछते हुए कहा।

'श ... चुप रहो।'

बाघों के शोरगुल से जंगल का मौन तब टूट गया जब वे भोजन के लिए लड़ रहे थे। ऐसा लग रहा था कि ब्रूट्स दूर नहीं थे। डर के मारे नवाब और खान काँप गए। नवाब अपना हाथ ठुड्डी पर लाया और खान को संकेत दिया कि बाघ पानी पीने के लिए आएंगे। धारा में कुछ शोर किए बिना उनके द्वारा पीछे हटना संभव नहीं था। इसलिए, खान ने नवाब को सुरक्षा के लिए बगल के पेड़ पर चढ़ने का संकेत दिया। नवाब बिना देर किये पेड़ पर चढ़ गया। खान ने राइफल अपने कंधों पर रखी और वह भी पेड़ पर चढ़ गया। वे सतर्क थे। वास्तव में, वे बहुत सतर्क थे। अब, दोनों अलग-अलग पेड़ों पर जमीन से सुरक्षित ऊंचाई पर थे।

उस क्षण, मैंने कहानी को बाधित किया।

'मैं आपसे रूकावट के लिए माफी मांगता हूं। अगर मैं सही हूं, तो बाघ आसानी से पेड़ों पर चढ़ सकते हैं। उन्हें शिकार के लिए बीस फीट से अधिक ऊंचाई पर चढ़ने के लिए जाना जाता है!'

'श्रीमान जी मैं आपसे सहमत हूं। कॉर्बेट में बाघ शिकार करने के लिए तीस फीट ऊपर चढ़ गया। लेकिन, बाघ अनजान थे कोई और भी वहां मौजूद था। गर्जिया वन के वृक्ष हरे पत्तों से लदे होते हैं। ये पेड़ खूबसूरती से मचान को भी छिपा सकते हैं।' बांके ने जवाब दिया। उसने कहानी जारी रखी।

खान जानता था कि भरोसा करने के लिए उसके पास अपनी राइफल के अलावा और कुछ नहीं है। खान को अपनी राइफल से नवाब को भी कवर करना था। खान जंगल का निवासी नहीं था। नवाब के लिए जंगल घर था। वह जंगल में पला-बढ़ा। जंगल में आदमखोर बाघ के खतरे में पैदल चलना बच्चों का खेल नहीं है।

༺❦༻

दोपहर के समय, शेरखान और उसकी प्रेमिका लंबी घास से निकले, जहाँ वे लेटे थे। पानी हर किसी के लिए जरूरी है। यह बाघ की तरह शक्तिशाली जानवर के लिए भी महत्वपूर्ण है। उन्हें ठंडा रखने के लिए पानी जरूरी है। जंगल पार्क की तरह था। इसमें हरे पेड़, घास, छोटे-छोटे शिलाखंडों से भरी धारा थी और उसमें से मीठे पानी की धार बह रही थी।

लेकिन, इसमें आदमखोर बाघ थे। जंगल में पूरी तरह से सन्नाटा था, लेकिन खान और नवाब के चेहरे पर उत्सुकता और घबराहट। बाघों ने उस धारा का नेतृत्व किया जिसके पेड़ों में खान और नवाब थे।

'मैं आपको रोकना चाहता हूं, बांके। मेरा मानना है कि खान और नवाब असाधारण रूप से बच गए। उस गाय का धन्यवाद!'

'हां, मैं उसका उल्लेख कर रहा था। लेकिन, मैं जानना चाहूंगा की आपको क्या कहना है।'

'शेरखान और उसकी प्रेमिका पहाड़ी से खड्ड के नीचे आ रहे थे। खान और नवाब ने बाघ या नवाब की गाय के कोई संकेत नहीं होने के साथ खड्ड को पार किया। अब, खान और नवाब को पता नहीं था कि वे सीधे बाघों की ओर चल रहे थे। वे बाघों से कुछ दूरी पर थे। बाघों को यह पता नहीं था कि वे खान और नवाब इसी रास्ते पर हैं और वे पुरुषों से मिलेंगे। लेकिन, इंसानों और बाघों के बीच गाय थी। वे मिलते पर गाय सामने आ गयी। इसे भाग्य कहते हैं। गाय अनुचित समय पर आ गई। इसने खान और नवाब को बचा लिया!'

'मैं आपसे सहमत हूँ। गरीब गाय ने अपने मालिक और खान को बचा लिया।' बांके ने जारी रखा।

बाघ धारा के किनारे पर पहुँच गए और शेरखान पानी में खेलने लगा। बाघ को पानी बहुत पसंद है। खान और नवाब ने खेलते शेरखान की गुर्राहट सुनी। वह बहुत बड़ा था।

अब, खान के लिए दुविधा थी। शायद यह घबराहट थी या कारण जो भी हो, नवाब ने सबसे ऊंचे पेड़ का चयन नहीं किया था और वह एक नश्वर प्राणी की नग्न आंखों के लिए भी स्पष्ट रूप से दिखाई दे रहा था। खान का पेड़ शेरखान से कुछ दूरी पर था पर नवाब शेरखान के नजदीक था। बाघों की आंखों की रोशनी बेहतर है। अगर शेरखान की नजर नवाब पर पड़ती तो उसकी जिंदगी खतरे में हो सकती थी। खान अपनी विश्वसनीय राइफल ले जा रहा था, लेकिन इसमें कुछ ही शॉट थे। कंधों पर खान के कैनवास बैग में कारतूस का पैकेट था, लेकिन बैग को उतार कर राइफल लोड करना आसान ना था।

बाघिन खान को सटीक शॉट की तरह लग रही थी क्योंकि वह स्थिर थी और अपने घुटनों पर थी। शेरखान पानी में कूद रहा था और स्पष्ट शॉट प्रदान नहीं कर रहा था। नवाब का जीवन शेरखान की प्रतिक्रिया पर निर्भर था। वह गोली लगने के बाद जंगल में लुप्त हो सकता है या वह पेड़ों पर हमला कर सकता था। यदि वह खान पर हमला करता तो गोलियां शेरखान को संभाल सकती थी। लेकिन, अगर शेरखान नवाब के लिए जाने का फैसला करता, तो कठिनाई थी। गोली नवाब को लग सकती थी। इसके अलावा, खान को फिर से लोड करने के लिए पर्याप्त समय नहीं मिलेगा। शेरखान भयंकर जानवर था और ज्यादा समय नहीं था कि चुगली करें। खान ने राइफल को अपने कंधों पर स्थानांतरित कर दिया और बाघिन की खोपड़ी को निशाना बनाया। शॉट ने बाघिन को ढेर कर दिया और उसने शोर नहीं किया। उसने धीरे से नदी के पत्थरों पर अपना सिर टिका दिया। शेरखान ने पानी में अपनी मस्ती रोक दी और उस पेड़ को देखा, जहाँ खान छिपा हुआ था।

बांके ने कहानी में बाधा डाली। वो उत्तेजना से काँप रहा था। मैं अलग नहीं था।

'सर, उनकी आंखें मिलीं। खान की आँखों में डर था और शेरखान की आँखों में गुस्सा। अगर उसने खान पर हमला किया होता तो गोली ने उसका काम तमाम कर दिया होता पर शेरखान चालाक था। वो घने जंगल में भाग गया।

'क्या आप मानते हैं कि शेरखान कायर था?'

'नहीं सर, शेरखान कायर नहीं था। वह चालाक और बुद्धिमान था। देखिए, आदमखोरों के साथ यह है कि वे इंसानों को अपने भोजन के रूप में पसंद करने के बाद सामान्य बाघों की तरह व्यवहार नहीं करते हैं। बाघों को पता है कि मनुष्य उनका सामान्य भोजन नहीं है। वे आदमखोर बनकर कायरता का संकेत देते हैं। यही कारण है कि आदमखोर बाघ कभी भी इंसानों पर सामने से हमला नहीं करते। जब परिस्थितियां अनुकूल होती हैं, वे चार्ज करते हैं। शेरखान जानता था कि पेड़ में छिपा आदमी सामान्य और असहाय इंसान नहीं था। वह कोई था जो उसे चोट पहुंचा सकता था। शेरखान गायब हो गया, लेकिन अस्थायी रूप से।'

'क्या आपका मतलब है कि शेरखान खान और नवाब के लिए वापस आया था?'

'मुझे कहानी पूरी करने दीजिये।'

'यह ऐसी कहानी है जिसने मेरे रोंगटे खड़े कर दिए।' मैंने चौड़ी आँखों से कहा।

बांके ने मुस्कुरा कर कहा, 'मेरे भी!' उसने कहानी जारी रखी।

༄

खान और नवाब के लिए तत्काल कोई खतरा नहीं था क्योंकि शॉट ने बाघ को भगा दिया। जंगल में सन्नाटा छाया था। समय बीत रहा था। खान ने पेड़ से उतरने का फैसला किया। उसने राइफल को अपने कंधों पर लपेट लिया। आखिरी गिरावट के साथ, खान ने तुरंत राइफल को सामने कर दिया। वह मौका नहीं लेना चाहता था।

'साहब, अब हमें क्या करना चाहिए? बाघ ने हमें देखा है। वह वापस आ सकता है,'नवाब फुसफुसा कर बोला। खान को देखते ही वह भी पेड़ से उतर गया।

'नहीं, उसने तुम्हें नहीं देखा। बाघिन मर चुकी है। बाघ रात होने तक वापस नहीं आएगा,'खान ने धीरे से जवाब दिया।

'शेरखान हमें नहीं बख्शेगा, साहब। वह हमें माफ नहीं करेगा। यह मेरी गलती है। मुझे गाय को जाने देना चाहिए था।' नवाब ने धीमी आवाज में कहा।

'चुप रहो नवाब! आत्म-दया भावना का सबसे खराब रूप है। बाघ की चिंता मत करो। शेरखान वापस नहीं आएगा। गोली ने उसके जिगर को पानी में बदल दिया। मुझे अपनी बातों से डराने की कोशिश मत करो।' खान ने सुझाव दिया। 'मैं बाघ को मारने के लिए नहीं हूं। मेरे पास इसके लिए कोई समय नहीं है। कल, मैं धावक को रामनगर भेजूंगा। वह कुछ शिकारी लाएंगे और उन्हें इस बाघ को मारने के लिए मना लेंगे। तुम अब गाँव लौट जाओ।'

'मैं अकेले गाँव नहीं जाऊँगा, साहब। यह आत्महत्या होगी। क्या आपने पूरे खड्ड पर बाघ के निशान नहीं देखे थे?'

'क्या तुम्हे घर तक छोड़ कर आऊं?'

'मैं धावक के साथ लौटूंगा जिसे आप रामनगर भेजेंगे। कम से कम यह सुरक्षित होगा।'

खान ने भी महसूस किया कि नवाब को अकेले वापस भेजना सुरक्षित नहीं था। चूंकि कोई शिकारी या डकैत नहीं थे; इसलिए बाघिन को छोड़ना सुरक्षित था। वो निरीक्षण बंगले की ओर चल पड़े। तेंदुआ उनके पास से निकला पर उसने उन पर कोई ध्यान नहीं दिया। उसने जंगल में इंसानों का सामना किया था।

खान और नवाब निरीक्षण बंगले से कुछ ही दूरी पर थे और सूरज मार्चुला पहाड़ियों के पीछे डुबकी लगा रहा था, जब उन्होंने चौंका देने वाली आवाज को सुना। वे कुछ भी नहीं देख सकते थे। वो गुस्से से भरी गुर्राने की आवाज थी। क्या यह बाघ हो सकता था? क्या बाघ ने अपना दिमाग बदला और उनका पीछा किया? क्या बाघ उन्हें घूर रहा था? जंगल में सब चुप थे। जो कुछ भी था वह खुद को प्रकट नहीं कर रहा था। खान और नवाब सतर्क थे। उन्हें यकीन था कि यह बाघ था। शेरखान ने उनका पीछा किया था। खान ने राइफल को अपने कंधों पर उठा लिया। उसकी आँखों ने जंगल को छान डाला।

अगर आदमखोर बाघ को लगता है कि उसकी उपस्थिति मालूम हो गयी है, तो वह चार्ज नहीं करेगा। इस बार शेरखान से सामना पेड़ की सुरक्षा से अलग होगा। खान को राइफल लोड करने का मौका नहीं मिलेगा। उन्होंने इंतजार किया और बाघ ने भी इंतजार किया।

खान ने नवाब को धीरे-धीरे वापस जाने का संकेत दिया। कुछ कदम पीछे जाने के बाद, वे तेजी से बंगले की तरफ दौड़ने लगे। लेकिन, वे खतरे को देखते रहे। खान ने ट्रिगर पर उंगली दबा रखी थी ।

शेरखान ने अपने स्थान का खुलासा किए बिना निर्दयता से उनका पीछा किया। वे तेजी से भाग रहे थे लेकिन यह आत्मघाती था। बाघ बंदूक के बारे में कुछ नहीं जानते, लेकिन वे बुद्धिमान हैं। वे जानते हैं कि दुश्मन के हाथ में कुछ है, जो हानिकारक है।

वे डर पर विजय प्राप्त नहीं कर सके। इसका असर बाघ पर पड़ा। शेरखान ने हिंसक रूप से गर्जना की, और इसने जंगल की चुप्पी को तोड़ दिया। खान ने हवा में एक गोली चलाई। इसने शेरखान के चार्ज को थाम दिया। नवाब ने खान को संकेत दिया कि मुख्य द्वार बंद था। सहायक का कोई सुराग नहीं था। उनके पास कोई चाबी नहीं थी। शॉट ने खाली बंगले का दरवाजा खोल दिया। लोहे के लॉक पर शॉट के विस्फोट होने से बाघ का दिमाग बदल गया। शेरखान गायब हो गया।

खान और नवाब को खाली बंगले में रात गुजारनी थी। अंदर अंधेरा था, लेकिन बंगला सुसज्जित था। इसमें रसोई और अतिरिक्त गद्दा भी था। शायद, केयरटेकर ने बरामदे में सोने के लिए रात में गद्दे का इस्तेमाल किया था। आमतौर पर, रात में सभी चौकीदार सोते हैं और बंगले के केयरटेकर अलग नहीं थे! खान ने मुख्य दरवाजे को अंदर से बंद कर दिया।

बांके ने बाधित किया और कहा, 'साहिब, दुनिया में कोई ऐसा दरवाजा नहीं है जो आपको सुरक्षित रख सके अगर बाघ ने आप पर अपनी नजरें गड़ा रखी हों। इस बाघ ने खान पर अपनी निगाहे गड़ा रखी थीं।'

'इस बाघ की नज़र ख़ान पर थी और नवाब पर नहीं। क्यों?' मैंने जिज्ञासावश सवाल किया।

'यह रहस्य को सुलझाना कठिन नहीं है। बाघ ने खान को बंदूक के साथ देखा था जिसने उसकी प्रेमिका को मार डाला और उस शॉट के साथ, खान ने बाघ को चुनौती दी थी। बाघ ने चुनौती स्वीकार कर ली।' बांके ने कहा, 'इसके अलावा, बाघ ने कभी नवाब को बन्दूक के साथ नहीं देखा, और जब जंगल में बाघ उनका पीछा करता था, तो वह निहत्था था। बाघ को एहसास हुआ कि वह कोई खतरा नहीं है, लेकिन खान था।'

'आप कैसे कह सकते हैं कि बाघ बहुत स्पष्ट था कि खान खतरा था और नवाब नहीं?'

'साहब, बाघ बुद्धिमान जानवर है। वह बहुत चतुर है और हमारे मन को पढ़ सकता है। वह जानता है कि हम क्या सोचते हैं। बाघ जानता है कि हर जीवित आत्मा उससे डरती है। नवाब सामान्य ग्रामीण था और शेरखान उसे खेतों में देखा करता था। लेकिन, खान अलग था। उसके पास बन्दूक थी।' बांके ने जवाब दिया। मैं उससे सहमत था।

खान ने सिर झुकाकर कहा, 'यह उग्र बाघ है, नवाब। मैं प्रशिक्षित शिकारी नहीं हूं। आपने मुझे किस मुश्किल में डाल दिया है?' उसने अपनी जेब से लाइटर निकाला और लालटेन जलाया जो मेज पर पड़ा था।

'क्या मैंने आपको यह नहीं बताया था कि बाघ ने हमें महीनों तक अपने घरों में कैद रखा था? अब, आप हमारी दुर्दशा का एहसास करेंगे। यह बाघ दूर नहीं जाएगा। यह लौट आएगा, साहिब,'

खान चुप रहा और बोला, 'हम्म ... मुझे डर लग रहा है! मुझे नींद आ रही है और मैं बहुत थक गया हूं।'

'आप कैसे सो सकते हो? हम लापरवाह नहीं हो सकते। हमें सतर्क रहने की जरूरत है, साहिब।'

लेकिन, खान सतर्क कैसे हो सकता था? बाघ ने उसे अनियंत्रित कर दिया था। उसने बाघ पर नजर रखने के लिए खिड़की को थोड़ा खोल दिया। खिड़की में लोहे की ग्रिल नहीं थी। सामान्य परिस्थितियों में, यह मायने नहीं रखता था। लेकिन, यह सामान्य स्थिति नहीं थी। आदमखोर बाहर दुबका हुआ था।

'इसे मत खोलो साहब। शेरखान आपको खींच सकता है। उसने गाँव वालों को उनकी झोपड़ी से भी खींचा हुआ है।'

घना अंधेरा था और कुछ भी नहीं दिख रहा था। खान ने खिड़की से झाँका। उसने महसूस किया कि बाघ कहीं बाहर हो सकता है। उसे यकीन था की बाघ उसे देख सकता है और वह उसके लिए आएगा। लेकिन, नवाब को लगा कि यह उन दोनों के लिए आएगा। बंगले में लिविंग रूम, बेडरूम और रसोईघर था। लेकिन, बंगले के अंदर कोई बाथरूम नहीं था। यह बरामदे के बगल में था। नवाब ने रसोई में सोने से मना कर दिया। उन्होंने रसोई को बंद कर दिया। उन्होंने रसोई के दरवाजे को मजबूत

करने के लिए मेज को खींच लिया। नवाब ने खान के बिस्तर के बगल में, बेडरूम के फर्श पर गद्दा खींच दिया। सुरक्षा के लिए, उन्होंने बंगले के मुख्य दरवाजे को मजबूत करने के लिए अलमारी से बंद कर दिया। वे थके हुए थे और यद्यपि वे उत्सुक थे, भोजन को भूल चुके थे। बाहर, बाघ भूखा था और बंगले में भोजन दिख रहा था।

धीमी आवाज ने देर रात खान और नवाब को जगाया। बाघ अपने पंजे के साथ मुख्य दरवाजे को खोद रहा था।

'साहब, बाघ!' नवाब ने धीमी आवाज़ में सुझाव दिया। वह भय से पंगु हो गया था। उसका कलेजा पानी में बदल गया। खान का जिगर अलग नहीं था।

निरीक्षण बंगले में हाथियों या बाघों का कोई इतिहास नहीं रहा है। वे आमतौर पर इसे नजरअंदाज कर देते थे क्योंकि वे दिन के उजाले में या रात में इससे गुजरते थे। लेकिन, यह बाघ अलग था। शेरखान उद्देश्य के लिए वहाँ गया था। शेखान के पंजे ने फिर से दरवाजा खटखटाया और वे उसके हमले का इंतजार कर रहे थे। निस्संदेह, बाघ उनको भोजन बनाना चाहता था। नवाब संकट में था। खुली आँखों से उसने देखा कि उसे गद्दे से खींचा जा रहा है। उसने अपने हाथों को अपने घुटनों पर रखा और बाघ के बंगले में घुसने का इंतजार किया। यह असाधारण स्थिति थी।

गाँव बिखरे हुए थे इसलिए मदद मिलनी मुश्किल थी। वे गहरे जंगल में और बांध के पास थे। सवाल यह उठता था कि गाँव वाले मांसाहारी के खिलाफ कैसे मदद कर सकते थे! इसके अलावा, ग्रामीणों ने निरीक्षण बंगले या नवाब के गांव का दौरा नहीं किया था, जब से आदमखोर उभरा था। खान को बंगले के कार्यवाहक को सुबह धावक के रूप में गाँव भेजने की आवश्यकता होगी।

'वहाँ कौन है?' खान ऊंची आवाज में चिल्लाया। कोई जवाब नहीं आया। बाघ क्या जवाब दे सकता था? अरे! मुझे अंदर आने दीजिये। मैं अपना भोजन प्राप्त करना चाहता हूं! खान ने राइफल अपनी गोद में तैयार रखी। वह अंधेरे में उत्सुकता से देखने लगा। नवाब ने सुरक्षा के लिए कांपते हाथों से लालटेन को जलाया।

'क्या बाघ को देखा, साहब?'

'नहीं। लेकिन, खिड़की से झांकना होगा।' खान ने सुझाव दिया।

'मत जाओ, साहब।' नवाब ने निवेदन किया।

अंधेरा गहरा था और सन्नाटा था। उनकी नसों में खिंचाव आ गया। फिर, बिना किसी चेतावनी के, बाघ इतना जोर से बढ़ा कि खान को लगा दरवाजा टूट जाएगा। खान अपने हाथों में राइफल लेकर फायर करने लगा क्योंकि उसे लगा कि शेरखान किसी भी समय दरवाजा तोड़ देगा। हालांकि, वह दूर चला गया। हो सकता है कि शेरखान को दरवाजा टूटने में मुश्किल हुई हो। उन्होंने अपने कान और आंखें खुली रखीं।

नया दिन हुआ। लेकिन, जंगल खामोश था। यह बंगले में छिपे आदमियों, बाघ और अब मोर की जोड़ी को छोड़कर किसी भी वन्यजीव से खाली प्रतीत होता था। सुंदरखाल की तरह, यह जंगल भी जंगल के चौकीदार और भौंकने वाले हिरण से रहित था। क्यों? कोई नहीं जानता। बंगले का चौकीदार कहां था? उसका कोई पता नहीं था। पुरुष घंटों से भूखे थे। रसोई में दूध नहीं था, लेकिन उसमें चाय की पत्ती थी।

'कुछ चाय बनाओ नवाब,' खान ने कहा।

'क्या रसोई में जाना सुरक्षित होगा?' नवाब ने घबराकर पूछा।

'इतना मजाक मत बनो, नवाब। सुबह की अच्छी धूप है। मैंने किसी भी बाघ के बारे में नहीं सुना है जो खिड़की से कूद जाता। साथ ही खिड़की सुरक्षित रूप से बंद है। मत भूलो कि बाघ भोर में शिकार नहीं करते हैं।' खान ने जवाब दिया।

'साहिब, यह बाघ अपवाद हो सकता है। क्या यह गाय को नहीं मारता था जब सूरज शानदार चमक रहा था और शाम को मीलों तक हमारा पीछा करता था? क्या आपको डराने के लिए गोली चलाने के बाद भी यह बंगले के आसपास नहीं रहा? क्या इसने मुख्य दरवाजे को तोड़ने की कोशिश नहीं की? बाघ किस तरह का बर्ताव करता है? केवल चालाक आदमखोर ही ऐसा व्यवहार कर सकता है। शेरखान असामान्य चीजें कर सकता है।'

'यह बाघ निश्चित रूप से असामान्य था?'

'हां, जरूर था, बांके। लेकिन, कृपया अब बीच में न आएं।' मैंने विनती की।

'क्या आप मुझे डराने की कोशिश कर रहे हैं, नवाब?' खान ने पूछा।

'मैं तुम्हें डराने वाला कौन हूं, साहब? मैं आपकी बंदूक की सुरक्षा के बिना अपने गाँव तक नहीं पहुँच पाऊँगा।' नवाब ने उत्तर दिया। 'साहब, रसोई में दूध नहीं है।'

'मैं इसे बिना दूध के के पी लूँगा।'

'लेकिन, पानी भी नहीं है'

'क्या? मिट्टी के बर्तन में कुछ पानी होना चाहिए,'

'नहीं, साहब। पानी नहीं है। बरामदे के बाहर कुआं है। इसमें पानी हो सकता है।'

'जाओ, फिर आप किस का इंतजार कर रहे हैं?'

'मैं बाहर कदम नहीं रखूँगा, साहब। मेरे पास कुएं तक जाने की हिम्मत नहीं है,'

'नवाब, यह कुछ कदम ही तो दूर है!'

'आप जो चाहे सोचें। मैं बाहर नहीं जाऊंगा।' नवाब ने मुँह फेर लिया।

'मुझे बर्तन पकड़ाओ! मैं पानी लाता हूँ।' खान ने कहा।

नवाब ने घबराकर खान को बर्तन सौंप दिया। बहुत सतर्कता से खान ने मुख्य द्वार को खोल दिया। उन्होंने कल रात इसे बंद कर दिया था। उसने जंगल को सावधानी से देखा और वह बरामदे की ओर बढ़ा।

आस-पास बाघ के छिपे होने की आशंका थी। खान को भरोसा था कि बाघ दिन के उजाले में शिकार नहीं करेगा। लेकिन, खान कोई शिकारी नहीं था और बाघ था। साधारण बाघ दिन के उजाले में शिकार नहीं कर सकता है। आदमखोर दिन के किसी भी समय शिकार कर सकते हैं। उन्हें मानव जाति का कोई भय नहीं है। वे जानते हैं कि मानव आसान शिकार है। मनुष्य हिरण की तरह नहीं भाग सकता और न ही जंगली सूअर की तरह लड़ता है। राइफल के बिना इंसान असहाय होता है। लेकिन, खान के पास राइफल थी और वो अपने दाहिने हाथ से उसे अपने कंधों पर लाया। बाएं हाथ से उसने बर्तन को पकड़ रखा था। वह स्तब्ध था, लेकिन उसने कुछ कदम उठाए।

नवाब बंगले की सुरक्षा से घबराए हुए देख रहा था। मुख्य दरवाजा बंद था। खान ने राइफल को जमीन पर रखा और कुएं से पानी निकालने के लिए पुली पर बर्तन की व्यवस्था की। बिना किसी कठिनाई के खान ने रस्सी खींची। तभी बाघ गर्जना के साथ लपका!

'साहब, बाघ शायद अपना बदला लेने के लिए सही समय का इंतजार कर रहा था,' बांके ने कहा।

'निश्चित रूप से, यह क्रूर लग रहा था। लेकिन, खान इतना आकस्मिक क्यों हो गया? क्या बाघ उसके दिमाग में नहीं था?'

'यह था, साहिब। लेकिन, बाघ का हम पर असर हो सकता है जिसे समझाया नहीं जा सकता। यह हमारी इंद्रियों और मन को नियंत्रित करने लगता है। हो सकता है कि आप कितने सतर्क हों, लेकिन अगर बाघ आपका शिकार करने का फैसला करता है, तो आप बच नहीं सकते?' बांके ने कहा। 'क्या हम बाघों द्वारा शिकार किए जा रहे शिकारियों की इतनी कहानियां नहीं सुनते? यहाँ, खान कोई शिकारी नहीं था। वह इंजीनियर था। वह क्या कर सकता था?'

'क्या उसने फायर किया?'

'क्या मैंने यह नहीं कहा कि बाघ हमारी इंद्रियों को नियंत्रित करता है? शिकारी नहीं होने के कारण, अपनी राइफल उठाने और इसके साथ गोली मारने के बजाय, खान ने पानी से भरे बर्तन को बाघ पर फेंक दिया। बाघ का अब उसकी आत्मा पर नियंत्रण था।'

'आगे क्या हुआ?' मैंने जिज्ञासावश पूछा।

'बाघ ने खान को अपने पंजे से मारा और खान के लिए सब खत्म हो गया जब शेरखान ने उसकी गर्दन घुमा दी। हालांकि राइफल पूरी तरह से भरी हुई थी और जिसने आगे कोई भूमिका नहीं निभाई।' बांके ने कहा।

'नवाब का क्या हुआ? क्या बाघ ने उसे भी खा लिया?'

'इस बाघ ने तुम्हारा भी नियंत्रण किया है,'

'मैं समझा नहीं!'

'क्या मैंने आपको शुरुआत में नहीं बताया था कि नवाब मेरे परदादा थे? अगर बाघ नवाब को खा गया होता तो मैं कैसे अस्तित्व में रह सकता था?'

'ओह!' मैंने शर्मिंदगी में आंखें मूंद लीं।

'शेरखान की दहाड़ ने मेरे परदादा नवाब को इतना भयभीत कर दिया कि वह दिन भर बिना भोजन और पानी के बंगले में रहे। उन्हें ग्रामीणों ने बचा लिया।'

'ओह! कार्यवाहक का क्या हुआ?'

'उन्हें कुएं में उसकी हड्डियां मिलीं। शेरखान निरीक्षण बंगला और कुआँ जानता था!'

'खान का क्या मिला!'

'वह अपने कैनवास बैग में वापस लाया गया था। शेरखान ने खान को पूरा खा लिया। उसने कुछ ही हड्डियाँ छोड़ीं।'

www.ingramcontent.com/pod-product-compliance
Lightning Source LLC
LaVergne TN
LVHW041537060526
838200LV00037B/1031